だいわ文庫

菜の花食堂のささやかな事件簿
金柑はひそやかに香る

碧野 圭

大和書房

Menu

菜の花食堂のささやかな事件簿

•金柑はひそやかに香る•

目　次

Menu

目次

菜の花食堂のささやかな事件簿　金柑はひそやかに香る

小松菜の困惑

窓の外から、何かを打ちつけるような音が響いている。外に目をやると、ほぼ完成しかかっている工房が目に入る。瓶詰を作るための専用の工房だ。今日はレンジや調理台の搬入の日だったっけ、と私はぼんやり考えている。

しばらくこの騒音が続くのだろうか。ちょっとうるさいなあ。

しかし、こちらの部屋は熱気であふれている。生徒たちは騒音などものともせず、下河辺《しもこうべ》靖子《やすこ》先生のやることを一瞬も見逃すまい、聞き逃すまいとして身構えている。

今日は月に二度の料理教室の日だ。靖子先生のお店である菜の花食堂の定休日を使って、野菜を中心にした料理を教えている。私、館林優希《たてばやしゆうき》は靖子先生の助手として料理教室を手伝っている。

「塩は小松菜にあらかた火が通ったかな、というタイミングで入れます。最初に入れるより色が鮮やかに仕上がりますからね」

そう言いながら、先生は竹のざるに青菜ごと鍋のお湯をあけた。

「野菜の色をようく見てね。色が鮮やかになった、と思ったらすぐにお湯から引き上げます。水にはさらさないで。小松菜でなくてもほうれん草でも、昔の野菜のような灰汁《あく》はないからわざわざ水にさらす必要はありません」

生徒たちは熱心にメモを取っている。料理をしながらの作業なので、生徒たちはなかなか忙しい。今月のテーマは小松菜。とても身近な食材だ。

「私が若い頃は、小松菜を見たことがなかったの。小松菜は東京の野菜だし、昔は関西の方では売ってなかったから」

準備のための打ち合わせの時、先生がそう説明するのを聞いて、私はびっくりした。

「東京の野菜？　ほんとですか？」

キャベツとかほうれん草と同様、小松菜は昔から全国どこにでも売っている野菜だと思っていたからだ。

「小松菜の小松は、江戸川区にある小松川という地名からとったものなの。江戸東京野菜にも、伝統小松菜というのがあるくらいだから、江戸時代からこの辺りではよく食べられていたのよね。私は見たことなかったから、上京して最初に八百屋で目にした時には『なんだろう』と思ったものよ。だけど、慣れるとこんなに使いやすい野菜はないわね。クセがないし、灰汁もないから下ごしらえがいらない。火も通りやすいから、ちょっと一品足りないな、と思った時はざくざくっと切って、ソーセージかベーコンといっしょに炒めて塩コショウすれば、立派な副菜になるし」

「私はシーチキンと炒めます。気が向いたら卵をからめたりして」

先生のお店でいっしょに働いている和泉香奈《いずみかな》さんが言う。派遣で働く合間に料理教室を手伝っている私と違って、香奈さんは菜の花食堂の専業だ。もともと香奈さんも料理教室の生徒だったが、将来自分でも飲食店をやりたいので、先生の押し掛け弟子のような形でお店で働くようになったのだ。

「そうなのよね。扱いは楽だし、いくらでも応用の利《き》く野菜だから、わざわざここで教えなくてもいいと思うのだけど」

先生も本音ではそう思っているのだが、結局小松菜を取り上げたのは、生徒のひとり、柳聖子《やなぎせいこ》さんからの強い要望があったからだ。

「うちの息子は好き嫌いが多くて、野菜を食べたがりません。小松菜は安いし、栄養もあるから、なんとか食べさせたいんです」

柳さんは五十歳前後の主婦だ。長患いの義母を最近看取って、自由な時間ができたということでここに通い始めた。いつもスラックスを穿《は》いている、小柄で大人しそうな女性だ。

「好き嫌いが多いというと？」

「まず、キノコ類は一切だめ、茄子《なす》もダメだし、オクラとかみょうが、ゴーヤ、里芋、蓮根《れんこん》、筍《たけのこ》も嫌い。ニラとかセロリとか春菊も嫌がるし、カイワレ大根とかアボカドも食べない。それに、味付けの辛いもの、キムチやわさびもダメなんです」

それらが全部NG食材だとしたら、作れる料理が限られてきてしまう。特にキノコと茄子は万能食材だ。それがダメだとすると、ほんと、めんどくさい。毎日献立を考えるのも、たいへんだろう。

「お子さんはおいくつなんですか？」

「もう、大学生なんです。なのに、こんなに好き嫌いが多くて、お恥ずかしい話なんですが」

柳さんは恥じ入るようにうつむいた。子どもの偏食をなおすことができないのは、主婦である自分の責任と思っているようだった。

「お子さんは舌がデリケートなんですね。食感とか風味とかが強いものには抵抗があるってことなんでしょうね」

靖子先生は気にすることはない、と言うように微笑む。

「まあ……そうと言えないこともないです。つまり、味覚がお子様なんです。そのうち大人になれば変わってくるんじゃないか、と思うのですが……」

「きっと大丈夫ですよ。私も子どもの頃は春菊やセロリは嫌いでしたけど、いまは平気になりました。煮物だって苦手だったけど、いまは大好きになりましたから。そのうちきっと食べられるようになりますよ」

私もそう言って柳さんを励ました。子どもの嗜好は気まぐれだし、変なこだわりがあったりする。そういうことで柳さんが自分を責めたりしてほしくはない。

「ありがとうございます。いまのところほうれん草とか小松菜は抵抗がないので、なんとかレパートリーを増やしたいんです」

「わかりました。じゃあ、子どもが喜ぶメニューもいくつか考えてみますね」

そうして、今日のレシピが作られたのだ。


小松菜とわかめとじゃこの混ぜご飯、小松菜とベーコンのスープ、小松菜とハムのキッシュ、小松菜と油揚げの煮浸し、小松菜と豚肉の炒め物。

先生が料理教室の生徒たちの前で説明している。

「小松菜って、私の中ではお助け食材なんです。下茹での必要がないから扱いが楽だし、味に強い主張がないから、何にでも合う。キャベツと同じような感覚で使えるんです。今回は炒める時に豚肉を使いましたが、ベーコンでもいいし、ソーセージでもスパムでもいい。鶏肉でも牛肉でも卵でもいい。人参や玉ねぎとあわせてもいい。組み合わせを変えればいくらでもバリエーションが作れます」

なるほど、炒め物はいちいちレシピに名前がつけられないくらい、いろいろ組み合わせが利く。あらためて料理教室で紹介する必要がないくらいだ。しかし、そこで終わらないのが靖子先生のやり方だ。

「味にもう少し変化を持たせたいと思ったら、塩コショウ以外にも醬油を差したり、オイスターソースにしたり、ナンプラーを足したりしてもいい。あるいは、スパイスを使うというのもいいですね。クミンと炒めたり、仕上げにガラムマサラか、カレー粉をちょっと振ったりしてもおいしいですよ。今日はクミンを使ってみましょうね」

靖子先生は粉状のものではなく、ホールの形のクミンシードを取り出した。フライパンにオリーブオイルを入れ、そこにクミンシードを二、三粒入れてゆっくりと温めていく。ふわっとクミンの香ばしい匂いが立ち上がる。

「クミンは焦げると苦くなりますから、焦げないように気を付けてね」

そうしてざっくり切った小松菜を入れた。

「よく小松菜の状態を見て、色が変わったところで塩を入れます。最初に塩を入れると、水が出すぎてしまいますからね」

そう言いながら塩コショウをして、二、三回菜箸でフライパンの中をかき混ぜるとすぐに火から下ろした。

「ちょっと味見してみますか？」

先生がみんなに勧める。みんなひと口ずつ味見をする。私もひと口食べてみた。クミンのぴりっとした風味が小松菜の青臭い味と溶け合っている。いつもの野菜炒めがよそ行きの味になったようだ。私は助手の扱いだが、こういう時は生徒といっしょになって参加する。香奈さんも同様だ。最近香辛料に凝っているという香奈さんは、興味津々という顔をしている。

「おいしい。大人の味ですね」

「クミンって、こういう使い方もできるんですね」

生徒たちは口々に感想を述べる。柳さんは口に含んだ後、ちょっと複雑な顔をした。

「おいしいんですけど……うちの息子には無理かもしれない」

ニラやセロリが嫌いだという息子さんだ。クミンのような強い香りは嫌がるだろう。

「そうですね、子ども向けのレシピではないですね。……そうだ、最初の予定にはなかったけど、もう一品作っちゃいましょうか。うちの子どもたちが小さかった頃、よく作ったものだけど」

「はい、ぜひ！」

柳さんが言うと、ほかの人たちも同意というようにうなずいた。靖子先生の料理教室では、しばしばこんな風にアドリブで一品増えたりする。先生は小松菜を一袋出してきて、ざくざくと粗いみじん切りにし始めた。みるみる小松菜の破片が山になっていく。

「これは、うちの子どもたちが小さい時、なんとか青菜をたくさん食べさせたい、と思って考えたものなんです」

みじん切りにした小松菜をボウルに入れると、そこにちりめんじゃことごまを大さじ一杯くらいずつ入れた。

「これはもう、分量は適当でいいんです。多い方が好きな方は多めに入れてください。じゃこではなくしらすでもいいし、エビでもいい。なんならひき肉でもかまいません」

それに卵をひとつ割り入れ、カップ半分くらいの量の小麦粉を入れてざっくりかき混ぜると、水を少しずつ足していく。

「天ぷらの衣よりは固く、あまり水っぽくならないようにね」

そうしてフライパンをふたつ取り出すと、それぞれ火に掛けた。フライパンが温まると、ごま油を多めに引き、ボウルの中身を流し入れる。まもなくじゅうじゅうといい音が聞こえてきた。

「これってつまり、小松菜のお好み焼きですね」

柳さんが感想を言う。それを聞いて先生はにっこり笑った。

「まあ、そう言えるわね。だけど、ふたつ焼いたのは、味付けを二通りにしてみたかったからなの。ひとつはお好み焼きのソースをかけて、鰹節を散らすやり方。まさにお好み焼きの小松菜版ね。もうひとつは、ただ焼いて、薄めた麺つゆをつけて食べるやり方。うちの子どもたちは、どちらも好きだったわ」

そうして焼きあがったものを二種類、皿に並べて切り分けると、みんなで試食した。

「あ、おいしい」

「ほんと、どっちもいいですね」

「お好み焼き風もいいけれど、ただ麺つゆで食べるのもあっさりしておいしい」

「私も、麺つゆの方が好きかも」

みんな口々に感想を述べている。

私もみんなといっしょに試食してみた。小松菜の青臭さが薄らいで、子どもでも食べやすい味になっている。お好み焼きのようにおやつ感覚で食べられそうだ。

「ああ、これならうちの息子でも喜びそうです。お好み焼きは好きですし」

柳さんは嬉しそうだ。

「お好み焼き風ではあるけど、あくまで小松菜が主役。これはあまりごちゃごちゃ具材を入れない方がおいしいと思うのよ。とくに麺つゆで食べる時は、つなぎは少ない方がいいし、卵だって抜いてもかまわないのよ」

「いいですね、カルシウムもたくさん摂れるし、うちでも朝食に出してみます」

小松菜焼き、と先生が命名したそのレシピは、その日一番の大好評だった。小松菜をたくさん消費できるというだけでなく、分量なども適当でいい、というのが、生徒たちには歓迎されたのだ。


「意外ね。小松菜焼きはほんと、添え物のつもりだったのに」

先生はちょっと不満なようだ。考えて選んだレシピではなく、アドリブで作ったものが受けたのは、不本意なのだろう。

「今日の生徒さんは、小さいお子さんがいる方が多かったから、子どもが喜ぶレシピは大歓迎なんでしょうね」

香奈さんが言う。料理教室が終わっていまはお茶の時間だ。テーブルの上にはほうじ茶とあんこ玉が載っている。あんこ玉は上品な甘さの餡《あん》を寒天でくるんだものだ。料理教室の試食でお腹いっぱいになっていたのに、甘いものは別腹だ。するすると入っていく。

「私は、クミンを炒め物に使うのがよかったです。香辛料って、なかなか使いきらないし、そもそもクミンって馴染みがないから」

香奈さんは最近興味を持っている香辛料をいろいろ試したいのだろう。

「香辛料を使いこなすと、簡単に味のバリエーションが増えるから、いくつか覚えておくといいわね。チーズを粗く砕いたものに、おかかと醤油少々とクミンを混ぜて、おにぎりにして食べるのもいいのよ」

「それ、ホール状のものでやるんですか？」

「ええ、そう。香辛料はできればホールで買って、粉で使う時はそれを乳鉢《にゅうばち》で磨《す》り潰して使うといいわ」

「わあ、どんな味なのか、見当つかない。今度やってみます」

香奈さんが嬉しそうに言う。私はすぐにぴんときた。

「そうだ、香奈さん、それ、彼氏に食べさせるつもりでしょ？」

香奈さんの彼はアウトドア派なので、休日になると奥多摩に行ったり、海までドライブしたりしている。そういう時は香奈さんがお弁当を作っているのだ。

「えっ、ふふ、そのつもり」

香奈さんは嬉しそうに笑った。

「いいわね、香奈さんは料理上手だから、彼の胃袋をがっちりつかんでいるんじゃない？」

私が冷やかすと、香奈さんはちょっと小首を傾げて、

「さあ、どうでしょう」

と言う。

「謙遜しなくても、香奈さんの料理を食べたら、惚れ直さずにはいられないでしょ。プロの味なんだし」

「どうかしら。男の人はやっぱりおふくろの味がいちばんだって言うし」

「もしかして、彼氏のおかあさんがすごく料理上手だったとか？　そうだとすると、やりにくいと思うけど」

「そうでもないのよ。彼のおかあさんは教師をしていたし、息子ばかり三人もいたから、忙しくてあまり凝ったメニューは作れなかったみたいだし。……メニューのロー

テーションが決まっていて、月曜日はハンバーグ、火曜日は焼き魚っていうふうに、曜日ごとに繰り返し出されていたそうよ」

そんな家庭もあるのか。だとすると、七種類のメニューしか食べないことになる。そんなの、私だったら耐えられない。

「へえー、じゃあ味にはあまりこだわりがないのかな」

「そうみたい。何を作っても、彼はおいしいって言ってくれるんだけど、それがかえって頼りないというか」

「そりゃ、香奈さんの料理は全部おいしいもの。おいしいとしか、言いようがないんじゃない？」

香奈さんの腕は確かだ。先生に教わったことをちゃんと吸収して、さらにバリエーションを広げようと努力している。香奈さんの味に満足できないとしたら、誰が作ってもダメじゃないだろうか。

「でも、なんとなく無理しておいしいって言ってくれている感じがして」

「気のせいじゃない？」

「だといいんだけど、私がお弁当作っていくより、外食の方が嬉しそう。私が作るものが口に合わないんじゃないか、と思う時があるのよ」

香奈さんが彼氏の好みにこだわるのは、昔の彼氏のことがトラウマになっているからだと思う。以前つきあっていた彼とは、料理がきっかけで関係が悪くなった、と香奈さんは思っている。相手の男は別れたい口実で料理のことを持ちだしただけだ、と私や先生は思っているのだが、香奈さん自身は得意だと思っていた料理のことで難癖をつけられたので、ずいぶんショックだったらしい。

「松坂《まつざか》さん、いい人だもの、もし何かあれば、ちゃんと言ってくれると思うよ」

香奈さんの彼氏の松坂浩史《ひろし》さんとは、以前野外マルシェに出店した時に会っている。テントを張ったり、炊いたご飯を運んだり、骨惜しみせず働いてくれた。香奈さんのやりたいことにも理解があるし、性格も明るいし、ほんとにいい人だと思う。

「そうね。私が気にしすぎなのかも」

その時、こんこん、と勝手口をノックする音がした。

勝手口の近くでお茶をしていた私は、立ち上がってドアを開けた。

「はあい」

「こんにちは」

立っていたのは、庭の工房を建てている大工の山田《やまだ》さんだ。

「厨房《ちゅうぼう》機器の取り付け工事が終わりましたので、確認してもらえますか？」

「ああ、そうなの。じゃあ、いま行きます。あなた方も一緒に見てくれるかしら？」

「もちろんです」

私と香奈さんの声が重なった。いま建てているのは、これから店で売る瓶詰を作るための専用の工房だ。瓶詰作りは私や香奈さんも手伝うことになっているから、設計の段階からふたりでいろいろ意見を出した。それを反映してもらっているから、どんなふうに仕上がったか、楽しみだ。

勝手口から二、三歩で新しい工房の玄関に着く。中は六畳ほどの広さで、真新しい木の香りが満ちている。なるべく木の質感を生かした工房を、というのが、三人の一致した意見だった。

部屋の東側にシンクとコンロとオーブンがあり、南側には大きな掃き出し窓があるが、それ以外の壁面は棚や引き出しが取り付けられている。完成した瓶詰を貯蔵したり、材料や調味料、調理器具などをそこに置いておくのだ。真ん中には大きなテーブルがある。このテーブルの端にも小さなシンクがある。ちょっとした洗い物をする時や、シンクがふさがっている時にも作業できるようにしたのだ。

「いいですね、ここならいろいろおいしいものが作れそうだわ」

先生が嬉しそうに部屋中を眺めまわす。

「食堂で使う漬物も、この棚に並べておけば、邪魔にならないわね」

　南側の掃き出し窓の外には、小さなテラスがある。そこには作り付けの棚があり、梅や野菜を干したりすることができる。瓶詰以外にも、これまでやりにくかった作業をやりやすくするための工夫が詰まっている。

「これだけのものを作ったんだから、この棚がフル稼働して、ちゃんと瓶詰がビジネスになるようにしなければいけませんね」

　私は先生に、というより自分自身に言い聞かせた。ここを作ることを私も先生に勧めた。だから、自分にも責任がある。先生は『気にしなくていいのよ』と言ってくれているが、その言葉に甘えてもいけない。

「まあまあ、肩に力を入れないで、ぼちぼちやりましょう。借金やノルマがあるわけじゃないんだから、やれるところからやればいいわ」

　先生は鷹揚にかまえているが、私としたら、一刻も早く軌道に乗せたい。

「ここ、週末の工房開きが終わったら、すぐに使えますよね。何から作り始めましょうか？」

「まだどこで売るかも決めていないし、そんなに急がなくても……」

「でも、せっかく新しいスペースができたんだから、使いたいと思いませんか？」

「そうねえ」

そんな会話をしていると、あちこち器具をチェックしていた香奈さんが、突然大声を上げた。

「あれ、先生、これ違っていません？」

私と先生も、香奈さんの方に近づいて行った。

「注文したオーブンは、もうワンサイズ大きいと思うんですが」

「えっ、ほんと？」

先生は確かめるように、オーブンの扉を開け閉めした。

「ああ、そうだわ。もうちょっと高さのあるものでお願いしたと思うんですが」

「そうですか？」

山田さんは鞄の中からパンフレットを出し、書類と突き合わせる。

「ああ、ほんとだ。注文したのはこれじゃないですね。どこで間違えたんだろう。申し訳ありません、ちょっと確かめます」

そうして山田さんは部屋の隅に行き、携帯で連絡を取り始めた。

「ほかは間違いないわね？」

先生が不安そうな顔をして私たちに問い掛けた。

「はい、確認してみます」

　私と香奈さんは、先生が持っていたメモと現物を照らし合わせて、ひとつひとつ確認していく。ほかには間違いはないようだ。

「……はい、はい、ではそれでお願いします」

　メーカーに確認を取っていた山田さんが、電話を切った。

「申し訳ありません。先方の勘違いで、古い型番のものを持ってきてしまったようです。大至急正しいものを届けるように頼んでいますが、もう二、三日掛かるかもしれません」

　山田さんは困った顔をしている。

「そうすると、引き渡しもちょっと遅れてしまうわね。次の日曜日にお世話になった人を招いて、工房開きをやろうと思ったのだけど……、それには間に合うかしら」

「はい。遅くとも金曜日には届くはずですので、その日までには必ず」

　山田さんは力強く請け負った。

　そんなバタバタがあったので、私は香奈さんの彼氏の問題をすっかり忘れてしまっていた。

そして、その週末、無事に工房開きが行われた。大工の山田さんが頑張って、土曜日中に作業を終わらせてくれたのだ。

工房開きはその日の午後一時から五時くらいまで、都合のいい時に来てください、と案内を出したので、ばらばらと人が訪れた。食堂の常連さんや料理教室の生徒さん、それに日頃から取引のある地元の農家さん、以前出店したことのある地元のマルシェの川崎《かわさき》さん、それに先生の姪の聡子《さとこ》さんもやってきた。聡子さんは仕事の関係で三か月に一度くらいの頻度で関西から上京してくる。今回は、工房開きの日にあわせて仕事の都合を調整したそうだ。

次から次へとお客さまが訪れるので、狭い工房には人が入りきらない。その日は二月の終わりとは思えないほど暖かく、天気も良かったので、急遽《きゅうきょ》庭に折り畳み式のテーブルと椅子を用意し、工房を見終わった人たちが歓談できるようなスペースを設けた。テーブルに先生手作りのクッキーやレモンケーキなどの焼き菓子と、珈琲と紅茶の入ったポットと紙コップを置き、セルフで取れるようにした。お客さんたちは、そのテーブルを囲むようにして雑談している。

「へえ、わざわざ瓶詰を作るためだけに、ここを作ったんだ」

農家の保田《やすだ》俊之《としゆき》さんが驚いている。

「言ってくれれば、この近所にうちの物件がひとつ空いていたのに。古いし、駅から遠いから、借り手がつかなくて困っているんだ。格安で貸してあげたよ」

　都市農家なだけに、保田さんは不動産物件をいくつも所有している。実際のところ、農業の売り上げよりも不動産収入の方が多いらしい。

「あら、それを知ってればねえ。でもまあ、ここは自分の好きなように設計できたし、設備も新しいのを入れたから、満足しているわ」

　先生がにこにこしながら相手をしている。先生は保田さんの作る野菜を気に入っていて、食堂で扱う野菜の大半は保田さんから仕入れている。同じトマトでも、それぞれの農家で味が微妙に違う。それに、人によってこの野菜が得意、というものもある。保田さんは作る品種の数は多くはないが、平均的にレベルが高いのだ、と先生は言う。

「どんなに上手く料理しても、野菜の新鮮さに勝るものはないわね」

　先生と保田さんはもう二十年以上ものつきあいだ。菜の花食堂の野菜がおいしいのは、朝採れた野菜を保田さんが週三回、届けてくれるからなのだ。そうした地元の繋がりが、食堂の味を支えている。

　一方で、地元のマルシェの実行委員の川崎珠代《たまよ》さんが、

「瓶詰作るなら、ぜひうちのマルシェで売ってください。年に一度の神社で開催する

マルシェはまだ先だけど、毎月駅前でやっている小さなマルシェならいつでも大丈夫ですから」

　と、言ってくださる。

「それはぜひ。来月のマルシェには参加できるように、品物をストックしておきます」

　ほかの人と雑談している先生に代わって、私が川崎さんに請け合う。いきなり菜の花食堂で売り出したり、どこかのお店におろすより、まずはマルシェのようなところで売って、地元の人に広く知ってもらうのはいい方法だ。商品のラインナップや価格帯を試すのにもちょうどいい。

　地元っていいな、と思う。料理教室を手伝うようになるまでは、そこは夜帰って、ただ寝るだけのところだった。いまはこうして地元の知り合いも増えた。今日ここを訪れてくださった人のほとんどが、私も知っている人たちだ。ここで生まれ育ったわけでもない私が、こうして受け入れられていることを、とてもありがたく思う。

　人が入れ替わり立ち替わり訪れ、工房開きは盛況のうちに終わった。

「ありがたいわ。こんな小さな工房なのに、皆さんが気に掛けてくださるなんて」

先生は嬉しそうだ。姪御さんから工房開きのお祝いに、と壁掛けの時計を贈られた。

それも嬉しかったのだろう。よけいな飾りのないシンプルな白の時計は、すぐに壁に飾られた。まるで最初からそこにあったように、時計はしっくり納まっている。

「ほんとに、たくさんの人が来てくれましたね。ねえ、香奈さん」

私が話し掛けると、香奈さんはびっくりしたように「えっ」と私の顔を見た。

「ごめんなさい、ちょっとぼんやりして」

香奈さんの顔は少し引き攣《つ》っている。

「どうしたの？　今日はずっと元気がなかったみたいだけど」

先生に言われるまでもなく、私もそれは感じていた。いつもより口数が少なく、なにか考え事をしているようだった。

「どうしたの？　彼氏が来なかったのを気にしているの？」

元気づけようと思って、私は軽い調子で聞いてみた。

「いえ、あの、今日は職場の方で行事があるので、こちらに来られないのはわかっていたんですけど、でも……」

やはり原因は彼氏のことのようだ。

「どうしたの？　喧嘩でもしたの？」

「喧嘩というほどのことではないんですけど……」

「どういうこと？」

先生の質問に、話そうかどうしようか、ちょっと迷っていたが、

「あの、ささいなことなんですけど、笑わないでくださいね。ほんとに、つまらないことですから」

香奈さんは念押ししてから話し始めた。

「ご存じだと思いますが、彼と私は休日によく遠出しているんです。そういう時、たいていい私がお弁当を持って行っていたんです。それを彼も喜んでくれている、と思っていたんですけど……」

「そうじゃなかったの？」

「ええ。実は来週、高尾山に登ることになっているんですけど、その時お弁当は持って来なくてもいい、って彼が言うんです」

「どうして？」

「朝が早いし、わざわざ私に作ってもらうのは申し訳ないからって。……いまはどこでも外食できるし、私も食堂の仕事で疲れているだろうから、無理しないでほしいって言われてしまって」

香奈さんの顔は暗い。それはショックだっただろう。彼氏を喜ばせたいと思ってや

ってきたことなのに、実は迷惑だ、と言われたのも同然だからだ。

「そうだったの。それで元気がなかったのね」

「私は別に無理はしてないし、お弁当を作るのは自分の楽しみだからって言ったんです。それで気まずい感じになって……。『だったらいいけど』って、彼が言うんですけど、その口調からその場を収めるために渋々言ってるって感じが伝わってきたんです。そんなに私のお弁当が嫌だったんだな、とわかって、すごくショックなんです」

それはなかなかキツイ。彼氏にいままでの努力を否定されただけでなく、一生の仕事にしたいと香奈さんが思っている料理作りの腕前までも否定されたことになる。

「信じられない。香奈さんのお弁当が嫌なんて。彼、味音痴じゃないの？」

私が聞くと、香奈さんは即座に否定した。

「そうではないと思います。味付けの微妙な違いもわかる人だし。ふつうの人より敏感なくらい」

「じゃあ、地方出身で、東京の味付けが合わないとか？」

私は思いついたことを聞いてみた。

「いえ、東京です。高校時代の同級生ですから」

「だったら、味付けがかけ離れているってわけでもなさそうだし……もしかして好き嫌いが多い人？」

「いいえ。自分で好き嫌いはない、って公言しているし、いっしょに外食した時にも、残すのは見たことない」

「もしかしたら、インスタントじゃないとダメ、とか、味の濃いものじゃないとダメっていうタイプ？」

「そうではないと思う。薄味の方がむしろ好きみたいだし。おかあさんもお忙しかったので近所の手作りのお惣菜屋さんはよく利用したそうだけど、冷凍食品やインスタントはなるべく使わないようにしていたんですって」

「だとすると……味覚のバリエーションが狭くて、実は食べたことのない味には抵抗があるとか？」

　私は疑問を次々ぶつけてみた。

「そういう訳でもないの。以前、蕗《ふき》と卵と油揚げを使った炊き込みご飯を作ったら、初めて食べたけどおいしいって喜んでくれたし」

　蕗の炊き込みご飯、ずいぶん凝ったものを作ったんだな。やっぱり香奈さんは、彼氏のために一生懸命なんだ。

「蕗の味をおいしいって言うなら……味覚がお子様ってわけでもないのね。先生、どう思います?」

「そうねえ。人の味覚はそれぞれですから……。あせらず、彼の好みを探していけばいいんじゃないかしら」

先生は遠慮がちに言う。

「だけど、どうしてお弁当がダメなのか、私知りたいんです。好きな人を喜ばせることもできないなら、なんのために料理するのかわからなくなってしまう」

どうやら思った以上に香奈さんは思いつめているようだ。

「もしかしたら、お弁当の味ではなく、その行為が重荷なのかも」

お弁当を作るという行為は女子力アピールにも繋がるから、関係を深めたいと思っていない相手からお弁当を作られたら、「重い」と感じることもあるだろう。

「それも違うと思います。私たち、結婚も意識していますし、それは彼の方から言い出したことですから」

「そうだったの。おめでとう。お似合いだと思うわ」

確かに、ふたりでいる時は、彼氏の方が香奈さんにベタ惚れ、というように見えた。

香奈さんのことが可愛くて仕方ない、そんなふうに思っているようだった。お弁当など作られたら、大喜びしそうなタイプに見えるのだが。

「だったら、よけいわからないわね、お弁当を嫌がる理由が」

　私は先生の方を向いた。

「先生、やっぱりこれは理由をみつけてあげた方がいいんじゃないですか？　このまじゃ香奈さん、かわいそう」

「先生お願いします。彼に喜んでもらえないなら、私、自分の作る料理にも自信を失ってしまいそうなんです」

　先生は仕方ない、という顔をした。あまり人のことを詮索したくないのだ。

「じゃあ、ちょっといくつか聞いてもいいかしら」

「はい。なんでも」

「彼は子どもの頃、毎日ローテーションで食事をしていた、ってこの前、言ってたわね。何を食べていたか、覚えている？」

「はい。月曜日はハンバーグ、火曜日は焼き魚、水曜日は餃子、木曜日はやっぱり魚で、西京漬けとかお刺身とか。金曜日は焼肉、土曜日は天ぷらか鶏のから揚げ、日曜日は鍋とかおでんとかシチューって言ってました。暑い時は冷しゃぶだったり。……いちいち献立を考えるのが面倒だから、子どもが好きなものを中心に組み立てたんだそうです」

香奈さんの記憶力の良さに私は驚いた。好きな人のことだから、しっかり覚えていたのだろうか。

「餃子も手作りだったの？」

「はい。その日は子どもたちも包むのを手伝わされたそうです」

「そう、忙しいなかにもおかあさまはいろいろ工夫されていたのね」

「もちろん、忙しい時は外食したり、近所のお惣菜屋さんから煮物とかローストチキンなども買ってこられたそうですけど、なるべくできるところは頑張った、っておかあさまがおっしゃっていました」

もうすでに先方の母親とも面識があるらしい。だったら、彼氏が結婚を意識しているというのも嘘ではないようだ。

「そうなの。だとしたら、あと知りたいのは、香奈さんがいままでどんなお弁当を作ってきたのか、ということなんだけど」

「ああ、それでしたら」

香奈さんは自分のスマートフォンを取り出した。

「いままでのお弁当を写真に撮って記録しているんです。同じものが被《かぶ》らないように」

そうして、写真のページを開く。

「あら、素敵」

香奈さんのお弁当は見るからにおいしそうだ。ある日のお弁当は豚肉の生姜《しょうが》焼き、蓮根の挟み揚げ、ブロッコリーの塩昆布和《あ》え、ポテトサラダ、トマトの紫蘇《しそ》和え。デザートにはみかん入りの牛乳寒天を作っている。パセリを飾ったり、寒天を苺《いちご》柄の紙容器に入れたり、美しく見えるように工夫もされている。

「デザートまでちゃんと添えているなんて、偉いわねえ。容器もかわいいし」

さすがの女子力だ。自分はそこまで凝ったものにしない。香奈さんは、私の言葉に微笑みを浮かべながら次の写真を見せる。

「これは先週、東京タワーを観に行った時のもの」

麻婆豆腐にから揚げ、焼き茄子、ピーマンの炒め物、卵焼きだ。デザートは杏仁豆腐をつけている。

「この日は中華なのね」

「はい。豆鼓《とうち》を利かせて、四川風に作りました」

「そう。おいしそうね」

「これはその前に作ったもの」

そこに写っているのは、カレー風味のタンドリーチキンに豆のサラダ、ミニトマト、インゲンの胡麻和え。デザートには林檎《りんご》とサツマイモのシナモン煮。

お弁当はどれもおいしそうだ。彩りもきれいだし、ボリュームもある。味だって間違いないだろう。私も何度か香奈さんの作った料理を食べたことがあるが、先生の作るものよりもハーブを利かせたりして、若い人好みの味付けになっている。

それに、さりげなく野菜をたくさん入れているところもいい。栄養バランスもちゃんと考えているのだ。

「このお弁当のどこがダメなんでしょう？」

先生はそれには答えず、じっと写真を見ていたが、

「もしかしたら、もしかするかもしれないわね」

と、つぶやいた。

「何かおわかりになったんですか？」

香奈さんが勢いこんで聞く。

「うーん、まだ推測だけど。……来週、またお弁当持っていくの？」

「さあ……。彼は『だったらいいけど』って言ってたので、どっちでもいいと思うんですが、本音では嫌がっているみたいだし……」

「一度だけ、試してみますか？」

先生は何か企んでいるような顔をしている。

「えっ？」

「レシピは私が考えるから、それを作って彼に食べさせてもらえる？　それで、彼の反応を教えて」

「それは、かまいませんが……」

香奈さんは何がなんだかわからない、という顔をしている。

「どういうことですか？」

私が代わりに質問すると、

「ちょっとした実験よ。彼がお弁当を食べたがらない理由を、これで確認しようと思うの」

「理由って、わかったんですか？　どういうことなんでしょう？」

勢いこんで尋ねる私に、先生はやわらかく微笑んで、

「まだ確証はないのよ。私の勘みたいなものだし。……だけど、試してみて、悪いことはない、と思うのよ」

「わかりました。だったら、やってみます」

香奈さんはきっぱり言った。理由はわからなくても、先生の考えに間違いはないだ

ろう、という信頼の表れだ。

「じゃあ、今晩考えて、紙に書いて渡すから、ぜひやってみてね」

先生に言われて、香奈さんは大きくうなずいた。

それから一週間、香奈さんのお弁当がどうなったか気にしながら過ごした。私が働いている不動産会社の社員がひとり辞めたため、私まで忙しくなり、なかなか料理教室に来る時間が取れなかったのだ。

瓶詰の仕事も始めなきゃいけないのに、いきなりこんなことになるなんて。辞めた女性は会社の中でも仕事のできる人だったから、いろんな仕事が集中していた。働きすぎで体調を崩したらしく、突然会社に来なくなったのだ。鬱《うつ》になったとか、パニック障害だとか言われていた。そのため派遣社員である私にまでいろんな仕事が振られてきたのだ。いままでやったことのない仕事をこなすだけで精一杯。とても菜の花食堂に来る時間は取れなかった。

やっと定休日が来て、自分も休みを取ることができた。今日は食堂も定休日なので、香奈さんと先生は工房の方で私を待っていてくれた。私を出迎えてくれた香奈さんの顔を見て、大丈夫だな、と思った。晴れやかな顔をしている。

「彼と、うまくいったのね？」

挨拶もそこそこに、私は香奈さんに尋ねた。

「ええ、なんとか」

香奈さんはにこにこしている。

「じゃあ、先生の考えたレシピでうまくいったってこと？」

「そうなの。やっぱり靖子先生は正しかったわ。彼はお弁当をおいしいって褒《ほ》めてくれて、完食したのよ！」

香奈さんの声は弾んでいる。先生は照れたような顔で訂正する。

「そんな大げさな。……ただ、昔知っている人に、同じような人がいたから、そうじゃないかと思ったのよ」

「えー、どういうことですか？　教えてくださいよ」

「まあちょっと待ってね。まずは私がどんなお弁当を作ったか、見てもらえる？」

香奈さんはスマートフォンの写真を開いた。

「えっとこれは餃子に、豚の生姜焼きかな。それからほうれん草のお浸し、トマト、おにぎり。……ふつうのお弁当ね。つまり、ふつうのものがよかった、ってこと？」

「そうじゃないの。このお弁当は見た目ではわからないけど、ちょっと特別なの」

「どういうこと？」

「生姜とかコショウとかニンニクとか、香辛料を一切使っていないの」

「餃子や生姜焼きにも？」

「ええ。餃子にはニンニクも生姜も入れず、キャベツと豚のひき肉を塩とスープで味付けしたの。豚肉は生姜焼きではなく、オイスターソースで炒めたものなのよ」

「つまり彼は……」

「そう、彼はある種の香辛料がダメだったの」

「香辛料がダメ？」

「ええ。生姜とかわさびとかニンニクを食べると、口の中がピリピリして味がわからなくなるんですって。キムチとか辛いものも全然ダメだったんです。先生の推理通りでした。そうじゃないか、と私から彼に聞いたら、どうしてわかったの？　って、びっくりしてました。いままで私に悪いと思って、言い出せなかったんですって」

「それって……つまり、味覚がお子様ってこと？」

私が尋ねると、先生が首を横に振った。

「誤解されがちだけど、そういうことともちょっと違うの。多くの子どもは辛い物や刺激物が苦手だけど、ほとんどは成長するにしたがって味に慣れたり、味覚が変わったりして抵抗がなくなる。だけど、たまにそうならない人もいるの。生まれつき舌が過敏で、刺激物や香辛料を一切受け付けないってタイプが。香辛料が口に入ると頭痛がしたり、すごく汗をかいたり、ひどい時には胃痙攣を起こす人もいるのよ」

「そんなことが……」

そういうケースがあるとは、まったく知らなかった。自分も子どもの頃はわさびが苦手だったが、おとなになったら平気になった。だからみんなそういうものだと思っていた。

「そう、単純に慣れれば食べられるというものでもないの。アレルギーの一種と言ってもいいものだし、本人の努力で変えられるわけではないから、無理強いをしてはいけないのよ」

私は料理教室の柳さんの息子さんのことを思った。もしかしたら、息子さんもそういう舌の持ち主なのかもしれない。それに気づかずに「わがままで好き嫌いが多い」と思っていたら、柳さんも息子さんもかわいそうだ。

「彼の場合は、それほど深刻な症状は出なくて舌がしびれるくらい。家では香辛料を使わないでもらっていたそうだけど、外で食べる時はさりげなく、自分が食べやすいものばかり選んでいたのね。だけど、私はそれを知らなかったから、辛いものも平気で入れたし、最近は香辛料を使うことに凝っていたから、いろんな料理に入れて試してみていたの。それで……」

確かに香奈さんの料理はハーブや香辛料をよく使う。ハンバーグなども、ナツメグやクローブだけでなく、時にはオレガノやクミンを入れたりもする。そこがお洒落だし、センスがいい。

そのことが彼には苦痛だった。だけど、香奈さんが一生懸命作ってくれるし、味覚がお子様だと言われるのが嫌で、我慢して食べていたのだ。それがだんだん辛くなって、「弁当はいらない」と言ったのだろう。

「彼がそういうタイプだってこと、先生はよくわかりましたね。どうしてなんですか？」

「もともとそういう人がいるという知識があったし、彼の家庭のメニューを聞いた時、ぴんときたの」

「どうしてですか？　とくに変わったメニューではないと思いましたけど」

わりと簡単にできるものばかりだったが、ありふれたメニューだ。手がかりになるようなものがあっただろうか。

「メニューの中に、カレーが入っていなかったからよ。カレーは簡単に作れるし、子っとヘンな気がしない？」

「言われてみれば……確かに」

特に男の子が三人もいれば、カレーはお助けメニューだろう。母親が働いていなくても、毎週カレーを作る家もあるかもしれない。だが、カレーは辛いし香辛料の塊だ。ご家族は香辛料が苦手な息子のために、あえてメニューに入れなかったのだろう。

「作り方も材料も似ているシチューがメニューに入っているのに、カレーが入ってないのはおかしいでしょ。そこが引っ掛かったの。ほかのメニューも焼き魚とか天ぷらとか、香辛料を使わなくてもいいものが多いし、餃子はちょっと気になったけど、家で作るなら香辛料を入れなくてもできる。それで、もしかしたら、と思ったの」

さすが、靖子先生だ。ちょっとしたことから、その奥の事実をみつけてしまう。

「そういうことだったら、彼も言ってくれればいいのにね」

私の言葉に香奈さんは深くうなずいた。

「私も同じことを言ったの。そしたら『いいおとなが辛いものがダメなんて、かっこ悪いだろ』って言うのよ。好き嫌いが多いのはわがままなことだし、辛いものが食べられないのは自分が悪い、と思っていたらしいの」

それだけじゃない。たぶん彼は香奈さんを喜ばせたかったのだ。一生懸命工夫して、頑張って作ってくれたものを、おいしい、と言って食べてみせたかったのだ。

一度我慢して食べてしまったために、次からは「やっぱり香辛料はダメ」と言えなくなってしまったのだろう。最初においしそうに食べたのが嘘だった、とばれてしまうから。それで、おいしく食べるふりを続けなければならなくなってしまった。

私はそんなふうに想像したが、香奈さんには言わなかった。

「よかったわね、ほんとうのことがわかって」

「ええ、これからは香辛料抜きでもおいしく食べられる料理を工夫するわ」

香奈さんは張り切っている。

「一件落着したところで、瓶詰のラインナップを決めなくちゃね。ピクルスは決定として、ほかに何を売るか、考えなくちゃ」

私が言うと香奈さんも、

「ピクルスだけど、どうせ作るなら二バージョンできないかと思うの。お子さんでも食べられるような酸味を控え目にしたものと、逆におつまみにもなるような酸味やスパイスの効《き》いたものと」

と、アイデアを出してきた。子ども向けの味付けなら彼氏にも食べてもらえるかもしれない。香奈さんはそう思ったんじゃないだろうか。

「あ、それはいいですね。ぜひ二種類作りましょう。味付けだけじゃなく、漬けこむ野菜も変えるといいわね」

先生も同意してくれた。

「そうね。せっかくこれだけストックできる棚があるんだから、これを一杯にできるくらい作りましょう」

私が言うと、先生は、

「まあ、そんなにたくさん作ろうとしたら、時間も手間もたいへんよ。私たちにできるかしら」

と、笑いながら言う。そこまでは無理だろう、と思っているのかもしれない。

「私たちが頑張ります。ね、優希さん」

香奈さんが私の方を向いた。

「もちろんです。まかせてください」

私は香奈さんに向かってうなずいたが、内心では不安だった。本業の方が人手不足で残業続きのいま、こちらの仕事と両立できるだろうか。

このままでは休日出社も増えそうだ。そうでなくても、残業が多くて疲れているのに、休みの日にこちらで瓶詰作りをする体力があるだろうか。始めてしまえば、ずっと続けなければならない。責任をもってそれができるだろうか。

そろそろどっちつかずのいまの状態をなんとかしなきゃなあ、と私は思っていた。

カリフラワーの決意

「さあ、そろそろ作業を開始しましょうか」

靖子先生が、私たちに声を掛けた。今日は私の会社は休み、菜の花食堂は定休日だ。香奈さんといっしょに菜の花食堂に来たのは、瓶詰め作業をするためだった。来週開かれる地元のマルシェで、いよいよ瓶詰を売るのである。

瓶詰の第一弾は、ピクルスが二種類。酸味が効いたものと、子どもでも食べられるマイルドなもの。中身も、前者はセロリやニンジン、きゅうりなどのオーソドックスなものだが、後者はカリフラワーやミニトマト、それにウズラの卵も入った変わり種だ。

オーソドックスな方は、先生がいままでずっと作り続けてきたレシピだから、すぐに完成したが、もうひとつの方は何度も試作を重ねていた。私も試食につきあったが、いろいろ食べ過ぎて、最後の方は何が何だかわからなくなってしまっていた。最終的には、先生も香奈さんも納得できる味になったらしい。

瓶はネットでたくさん購入し、実際に入れて試してみた。その結果、広口の、ねじ式の蓋のついた瓶に決めた。それがいちばん使いやすいからだ。価格なども照らし合わせて、業務用の安いものを箱買いした。私がイラストと文字を書き、パソコンでプリントアウトしてラベルを作った。デザインの心得があるわけではないので少々不安だったが、「シンプルで品がいい」と、先生も香奈さんも言ってくれたので、ちょっと安心した。それから、材料や賞味期限を書いたシールも作ってある。

そうした作業は私が中心になってやった。ほかにも、コスト計算をしたり、定価を決めたりなど、実務全般が私の担当だ。本業の合間に少しずつ進めたが、最後の方は結局睡眠時間を削ることになった。それでも、楽しくて、ちっとも苦ではなかった。考えていることが形になっていくのは嬉しくて仕方ない。

今日は、作ってあった二種類のピクルスを瓶詰めする日だ。ひとつずつ、手で瓶に中身を詰めていくのだが、これがなかなか大変だ。野菜がひと通り入るように気をつけ、ひとつひとつ重さを量る。厳密に同じ重さにはできないが、ばらつきはなるべく少なくしたい。十グラム以内の誤差で収めようと努力する。それからきっちり蓋をして、瓶の側面を布巾できれいにして、ラベルのシールを貼っていく。

「マルシェでは何個くらい売れるかしら」

香奈さんが言うと、先生は、

「さあ、どうでしょう。五つとか六つくらいじゃないかしら」

先生は自信なさげである。そんなにたくさんは売れるはずがない、と言うのである。

「最低でも十五個ずつ、三十個は売りましょう」

と、私は目標を掲げる。それくらいは売れないと、マルシェの出店料分の方が利益よりも大きくなる。出すからには、売れる努力をしないと、と思う。

「だけど、うちはあまり知られていないし、瓶詰を扱ってることを知ってる人はさらに少ない。それなのに、買ってもらえるかしら」

「だからこそ、マルシェで宣伝するんですよ。ショップカードも私が作ります。当日、たくさん配って、うちのお店や新製品のことを多くの人に知ってもらわなくちゃ」

「ショップカードって何？」

先生が尋ねる。

「お店の名刺みたいなものですよ。住所とか電話番号を入れて、お店を宣伝するんです。ほんとは上手なデザイナーにお願いして、センスのいいものを作ってもらいたいのですけど、いまは節約しなきゃいけませんからね」

「そういえば、たいていのお店にはそういうものが置いてあるわね。ショップカードって言うのね」

靖子先生は、あまり宣伝をやりたがらなかった。ランチだけだし、常連さんでいっぱいだから必要はない、と言うのだ。しかし、私や香奈さんがやることに反対はしない。

「ところで、来週の日曜日、優希さん、大丈夫？」

香奈さんが作業の手を止めて、心配そうな顔で私に問い掛ける。

「ええ、ちゃんと休暇を申請しているから、大丈夫よ」

「そう、よかった。優希さんがいないと、戦力大幅ダウンだもの。休みが取れなかったら、どうしようかと思ったわ」

「もちろん参加するつもりだけど、私が行けなくても、八木《やぎ》さんやほかの方たちも頼めば来てくださるし、なんとかなるわよ」

「それはそうだけど……全体を見て、何をどうしたらいいか、的確に判断できるのは、優希さんだもの。優希さんがいてくださると、とっても安心できるわ」

香奈さんの言葉はやさしい。こころがふわっと温かくなるようだ。

「ありがとう。そう言ってもらえると、とても嬉しいわ」

「お世辞じゃないのよ。ほんとに……優希さんがいっしょだったら、どれだけ助かるか。優希さんがいてくれなかったら、瓶詰の商品化も、きっとできなかったわ」

香奈さんは、そう言って私の手に自分の手を重ねた。香奈さんのぬくもりが私の手に伝わってくる。

「早くうちの仕事を軌道に乗せて、優希さんにも正式にスタッフに加わってもらえるといいんだけど。そうすれば、夜の仕事だって始められるし」

菜の花食堂はランチしかやっていない。いままでは靖子先生がひとりで切り盛りしていたから、それで売上的には十分だったのだ。

「まあ、優希さんにそんな無理を言ってはいけないわ。優希さんには本業があるのだし、ちゃんと生活も支えていかなければならないんだから」

靖子先生は答えあぐねている私を見かねてか、話に割って入った。

私は不動産屋で事務の仕事をしている。仕事内容にそれほど不満があるわけではないが、特にやりがいも感じない。派遣社員だから、責任のない仕事を気楽にしていればいい、そう割り切っていた。菜の花食堂の仕事を手伝うのはお金にはならない。だけど、やりがいはあるし、靖子先生が何かと気を遣って食事に呼んでくれたり、いろいろおすそ分けもしてくれるので、食費はかなり助かっていた。

「まずは、次のマルシェでどれだけ売れるかよね。これがうまくいったら、ほかのショップにも置いてもらえるようにできるかもしれないし。ともかく頑張りましょう」

そうして私は瓶詰めの作業に集中する。それを見て、香奈さんも作業に戻った。

ほんとうのところ、次の日曜日に休みを取るのはたいへんだった。不動産屋なので、土日はかきいれ時だ。その日は三連休の中日だから、とくに人手も必要なはずだ。

「なんとかならないの？」

と、課長にはねばられた。先日、社員のひとりが急に辞めてしまったので、人手が足りないのだ。狭い会議スペースで、大柄な課長と向き合って座るのは、それだけで気づまりだ。

「そう言われましても……。今回の休みは一か月以上前から申請していたものですし、その日は外せない予定があるんです」

強面の課長のにらみつけるような視線を受け止めきれずに、私は下を向いてしゃべった。

「すみません、その日だけはダメなんです」

「それは何？　アイドルの追っかけとか何か？　君の前に働いていた子は、そのための資金稼ぎにうちで働いているって言ってたけど、君もそういうのじゃないよね」

「違います！　私はそんな……」

東京に実家があるわけではない私は、そんな気楽な身分ではない。だが、たとえ追っかけだったとしても、何がいけないのだろうか。ちゃんと規則通りに休暇の申請をして、一度は認められていたものなのに。

　会社の都合が変わったからといって、それに自分の都合を合わせなければ、と思うほど、私はいまの仕事に愛着はない。

　課長はふうっと溜息を吐いた。

「ほんとに、ダメなんだね」

「はい、申し訳ありません」

「何の予定か知らないけど、まあ、そこまで君が言うんなら、仕方ないね。こっちでなんとかするよ」

　課長の言い方だと、私が困らせているみたいでちょっと嫌だ。

「だけど、君、なるべく気をつけてね。いまが大事な時だからね」

「えっ、どういうことですか？」

　私が聞くと、課長は声を潜めて言う。

「実は、いま君について、社員昇格の話も出ているんだよ。ほら、神崎《かんざき》くんが急に辞めてしまって社員が足りないから、派遣社員から昇格させたらどうかって」

　どきっとした。そんな話が出ているとは。私もその候補に入っているということなのだろうか。

「僕としても、なるべくなら君を上げてあげたいし、いまが大事な時なんだよ」

ずるい、と思う。こういう時に、そういう話をするなんて。

「すみません、ほんとうに今回は予定を変えられないので。自分だけの都合では決められないことですから……」

「そう。じゃあ仕方ない。でも、もし気が変わったら、いつでも言ってよ」

そう言って、課長は席を立った。その時の課長の顔にうっすら笑みが浮かんでいるのを、私は見逃さなかった。


「じゃあ、今日はこれくらいでいいかしら」

用意していたピクルスは、すべて詰め終わった。ラベル貼りもできたし、これで商品の準備は終わった。

「あとはおにぎりの用意を前日にすればいいわね」

当日は、瓶詰以外にもおにぎりパックを売ることにしている。菜飯《なめし》のおにぎりと五穀米のおにぎりをひとつずつ。それに鶏のから揚げと卵焼き、ほうれん草のお浸し、野菜のきんぴらをつけてセットにしたものだ。今回のマルシェは小規模で飲食関係では三軒出店している。菜の花食堂のほかは天然酵母のパン屋と、地元で人気の珈琲屋だ。会場の隣りの駐車スペースに小さな椅子とテーブルがいくつか置かれるので、お客さんはそこで飲んだり食べたりすることもできる。

「すみません、前日の準備には参加できなくて」

私はそう言って謝った。いまの職場の状況では、二日連続で休みを取ることは到底できそうもない。

「いいのよ。当日来てくださるだけで十分。ずっと根を詰めてやっていたから、ちょっと疲れたわね。お茶にしましょうか」

「あ、私、今日はお菓子持ってきました。駅ビルの特設コーナーで売ってたので」

香奈さんがそう言って、冷蔵庫からケーキの箱を持って来た。

「これ、ベジスイーツっていうんです。野菜で作ったケーキです」

靖子先生は香奈さんが持って来たケーキの箱を開け、中身をしげしげと見た。

「ほんとに、見掛けはふつうのケーキと変わらないのね。みごとなものだわ」

ぱっと見ると、ふつうのショートケーキやチョコレートケーキ、モンブランに見える。だが、よく見ると、ショートケーキの上に載っているのはイチゴではなくミニトマトだし、チョコレートケーキの上の飾りは人参だ。

「どんなお味か、いただいてみましょう」

靖子先生はケーキを皿に取り分ける。私は紅茶の用意をした。最近では、三人で打ち合わせをする時には、香奈さんが目新しいスイーツを差し入れに持ってくることが多い。菜の花食堂のデザートの参考になるものはないか、それとなく探しているのだ。

ベジスイーツ、つまり野菜を使ったお菓子というのも、野菜が売りの菜の花食堂で出すには、確かにいい選択かもしれない。

「これ、クリームも豆乳で作ってあるんですすって。だから、とってもヘルシーなんだそうです」

香奈さんは先生にショートケーキそっくりのベジスイーツを勧めた。先生は黙ってそれを口に含む。

「ああ、小麦粉じゃないわね。これは……米粉を使っているのかしら。クリームも植物性のものね。甘みもずいぶん抑えてあるのね」

「はい、ベジスイーツって、ヘルシー志向の、糖質を気にする人たちに受けているものですから」

私が付け焼刃の知識を披露する。

「そうなの。悪くはないけれど、果物でもいいのにね」

「それを言ったらおしまいですよ。野菜でヘルシーっていうのが売りなんですから」

身も蓋もない先生の言葉に、私は笑いながら言葉を返した。

「うーん、その違いが微妙ね。野菜だからって糖質が低いとは限らないし。栗をさつまいもに変えても、そんなに糖質を減らすことにはならないと思うのだけど」

「ダイエット目的だけでなく、小麦とか大豆のアレルギーの人にも対応しているようです」

香奈さんの言葉に、先生はうなずいた。

「なるほど、そういう意味でのヘルシーなのね」

「果物でも、ものによってはアレルギーのある人もいるし、そういう人でもスイーツを食べたっていう気持ちになれるんじゃないでしょうか」

香奈さんが説明を続ける。

「日本人は器用だし、ほんとうにそういうことが上手ね。野菜でこんなふうにケーキが作れるって驚きも、ベジスイーツの楽しみなんでしょうね。でも……」

「でも？」

「これはこれでおいしいけれど、その野菜らしさがもっと感じられる方が好きだわ。栗とかイチゴの代用っていうのではなく、その野菜本来の味がわかる方がいいと思うの。それでスイーツとしての良さが感じられるようだといいわね」

「それは難しい要求ですね」

　先生の言葉に私と香奈さんは笑った。

「そうかもしれないわね。でも、たとえばスイートポテトなんかは、そういうものでしょう？　ほかの食材ではなく、さつまいもだからこそ作れるっていう。そういうレシピの方が好みだわ。もちろん、アレルギー対策が必要な方にはとても意義があると思うけど、うちは、そういうお店ではないしね」

　そんなわけで、ベジスイーツは却下になった。実際、私もあまり気が進まない。お菓子はお菓子として、しっかり甘みもついたものが好きだからだ。あまり薄味だと、お菓子である気がしない。

　その後、先生の作った夕食を香奈さんとふたり、御馳走になった。先生は、何かと口実をつけて、私に御馳走してくれる。最初に出会った時、私はまともに食事をとっていなかった。だから、いまでも食べていないんじゃないか、と先生は心配してくれるみたいだ。菜の花食堂に出入りするようになってから、私は食事を抜いたことはない。だけど、先生の作る食事はおいしいから、遠慮なく御馳走になる。

　穏やかな休日だ。いや、働いたから休日ではないのだけど、楽しい作業だったから労働という感じはしなかった。もし本業だったら、もっとたいへんなのかもしれない。必ず利益を出さなければ、と思ったら、出品する個数とか利益率にもシビアになるだろう。遊びみたいなものだから、こんなに気楽にしていられるのだが。

「このドレッシング、お店で出すのとは違いますね。先生が作られたのですか？」

「いえ、これはご近所の方からいただいたものなの。旅行先で、珍しいものをみつけたからって」

「材料はなんでしょうか。ぴりっときますね」

先生と香奈さんが会話をするのを、私はぼんやりと聞いている。

だけど、社員になれるかも、ってほんとの話だろうか。

ふと課長の言葉を思い出す。

私に、日曜出社してもらいたいから、そうやっておだてているのだろうか。それとも、ほんとうにそういう話が出ているんだろうか。課長のあの薄ら笑いを思い出すと、あまり期待できない気がする。

でも、ほんとうだとしたら、私はその話を受けるのかなあ。

給料が上がって、待遇がよくなるなら、それもいいんだろうけど、忙しくなって、食堂のお手伝いもできなくなったらつまらないな。

だけど、正社員になったら安定するし、親も喜ぶだろうな。

私は辞めてしまった女性社員のことを思った。いつも忙しそうで、お昼の休みもあまり取れないみたいだった。毎日のように遅くまで残業していた。周りに気を遣って笑顔を絶やさない人だったけど、最後は精神的に病んでしまって、突然会社に来なくなった。

そういう人の代わりに、同じように懸命に働くことを期待されているとしたら、私には無理だと思う。そこまでこの仕事で頑張る気にはなれない。

かと言って、このまま同じ状況を続けるわけにもいかないし。

どうしたらいいのかな。

「そう、これはわさびね。それにもうひとつ隠し味に何か入っているわ」

「そうですね。何でしょう」

先生と香奈さんはまだドレッシングの話に夢中だ。私はそれを聞くともなく聞きながら、ぼんやりとそんなことを考えていた。

今回のマルシェの会場は、坂の際に建つ二階建ての文具店だった。懐かしい感じのする文具ばかり集めた小さな文具店の、地下と一階二階と屋上、それに隣りの駐車スペースを使って、マルシェが行われる。古い小さなビルだが、手摺りや階段、柱などに使われた木や漆喰《しっくい》の壁がいい感じに古びていて、レトロな味わいがある。坂の際に建っているので、見晴らしもとてもいい。菜の花食堂は二階に二部屋あるうちの狭い方の部屋が割り当てられた。四畳半くらいの広さで、お隣りは天然酵母のパン屋だ。バゲットやサンドイッチなど、軽食代わりに食べられるものも置かれている。

与えられたスペースは作業机ひとつ分。そこに、店から持ってきたテーブルクロスを敷き、新製品のピクルスの瓶詰と、おにぎりのパックをきれいに並べる。値段表もあらかじめ作っておいた。店の名前の入った旗も、目立つように飾っておく。今回は、前のようにその場で温めたり、盛りつけたりする作業はいらないので、とても気が楽だ。お釣りの計算だけ間違いのないように、電卓を用意する。売り場のスペースはふたりも立つといっぱいなので、私と香奈さんが立って商品を売ったり、お金の受け渡しをすることにした。靖子先生は売り場の横に立ち、お客さまに何か聞かれた時に説明する係をする。

お隣りのパン屋は地元でも有名なのか、九時の開始と同時にお客が並び始めた。そして、パンを買い終わると、お客は奥にある菜の花食堂のブースも覗いていく。

「おたくはどこにあるお店なの？」

たまに興味を持ったお客さまに質問される。先生は、

「はけの小路のすぐ脇にあるお店なんですよ」

と言いながら、ショップカードを渡した。

興味を持ってくれる人はいるし、おにぎりはよく売れるが、肝心の瓶詰はなかなか売れない。

手に取って「おいしそうね」と言ってくれる人もいるが、購買まではつながらない。五百円を超える値段設定だから、なかなか手が出ないのだろう。

「うーん、食べたら絶対おいしいのに」

香奈さんが悔しそうに言う。値段は無理に安くすることはしなかった。よい材料を使っているし、手間も掛けている。値段に見合った品質であることには自信がある。

「確かに、見ただけじゃ、なかなか手が出ないわね」

私が言うと、先生が、

「じゃあ、味見をしてもらおうかしら」

と、言い出した。

「味見って、試食してもらうんですか？」

「ええ、そうよ。それが味をわかってもらうのに、いちばんいい方法だわ。持ってき

てよかった」

先生は持ち物をごそごそとかき回して、紙皿と爪楊枝を取り出した。用意周到だ。

きっとこうなることを予想していたのだろう。

そうして売り物の瓶のひとつを開封し、紙皿に半分ほどあけた。

「お値段払うんですもの、どんなものか知りたいわよね」

それを見ていたお客さまが、

「ひとつ、いいですか？」

と、先生に尋ねる。お客さまは四歳か五歳くらいの女の子を連れたおかあさんだ。

親子揃って、ナチュラルなリネンのワンピースを着ている。

先生は「どうぞ、どうぞ」と、紙皿と爪楊枝を差し出した。

「あら、おいしい」

そのお客さまはひと口食べて、にっこり微笑んだ。気に入ってくださったのだろう。

「酸っぱさがちょうどいいわ。これは、どちらの瓶？」

「スタンダードの方です。もうひとつもお試しになりますか？」

「はい、できれば」

先生は、もうひとつの瓶を開けて、こちらも紙皿にあけた。

「あら、こちらは彩りがかわいいわね」

そう言いながら、お客さまはミニトマトを楊枝で刺して、ぱくっと食べた。連れている女の子はびっくりしたように目を丸くして見ている。よけいなことで騒いだりしない、よくしつけられたお子さんのようだ。

「あ、こっちは酸っぱくないのね。子どもでも食べられそう」

「はい、おそらく」

「子どもにも食べさせていいですか？」

「はい、どうぞ」

お客さまは酸っぱくない方のピクルスの中から、カリフラワーを刺して、女の子に手渡した。女の子は受け取って、おそるおそる口の中に入れる。

「どう、すっぱい？」

「ちょっとだけ。でも花蓮《かれん》、食べられるよ」

と、得意げに言う。

「こっちも食べる」

女の子はもうひとつの方を指差した。

「こっちは、花蓮にはちょっと酸っぱいと思うわ」

「でも、食べたいの」

そう言ってきゅうりをひと口かじったが、ぎゅっと目をつむって「すっぱい」と言う。

「ほら、花蓮にはちょっと早いって言ったでしょ」

おかあさんは女の子の残したきゅうりを自分の口に入れた。

「こっちの方が、お酢がたくさん入っているのよ」

「お酢が？」

女の子はちょっと不思議そうな顔をした。

「そうよ……こちら、ふたつともいただけますか？　それから、おにぎりセットもふたつ」

瓶詰の最初のお客さまだ。しかも、両方お買い上げというのは嬉しい。

「ありがとうございます」

私も香奈さんも、嬉しくなって深々とお辞儀した。

「それ、いいですね。私もちょっと試していいですか？」

声を掛けてきたのは、隣りのパン屋さんだ。パン屋は女性ふたりで来ていた。そこは駅の北側で、自宅の一部を改装して開いている店だ。営業は週に三日だが、昼過ぎには売り切れてしまうという人気店だ。今日も朝から行列ができていたが、その人たちが買い終わったので、いまは人が途切れている。

「もちろんですよ、どうぞ、どうぞ」

ピクルス二種類を紙皿に載せて渡した。ふたりは興味深そうにピクルスを眺めて、そっと口に含んだ。

「あ、これおいしいわ。うちのパンといっしょに食べるといいんじゃないかしら」

「ほんと、こっちの、酸味の少ない方は、子どもも喜んで食べそうね。これ、どちらで売ってるんですか？」

「いまのところ、うちのお店だけです」

先生たちは、別のお客さまの応対をしているので、私が答えた。

「そちら、南口でしたっけ」

「はい、駅からちょっとありますが」

「北口では取り扱いはないんですか？」

なぜ、そんなことを聞くのだろう、と私は思ったが、微笑みながら返事する。

「いえ、まだ始めたばかりなのでうちでしかやってないんですよ」

「もし、売る場所を探していらっしゃるんなら、うちで置かせていただいてもいいですよ。もちろん手数料はいただきますけど、これならうちに来るお客さまに喜ばれそうですし」

思いがけない提案だった。菜の花食堂以外でも扱ってくださるお店を探そうと思っていたので、渡りに舟だ。

「ありがとうございます。実は、近いうちにジャムとかレバーペーストも売りだそうと思っているんです」

「まあ、素敵。うちのパンと一緒に置いたら、両方売れるんじゃないかしら」

意図していなかったが、確かにパンと一緒に食べるものばかりだ。パン屋と組むのはいいアイデアだ。

「じゃあ、商品のサンプルができたら、すぐにそちらにお持ちします」

そう言って、お互いの連絡先を交換した。

幸先がいい。瓶詰の営業をどうしたらいいか、と考えていたけど、こういうところでの人脈から広げていくこともできるんだな。

いままで営業の経験がなかったからわからなかったけど、人脈って、案外身近にあるものかもしれない。

そういうことを考えるのも、おもしろいな。

「それ、いただいてもいいですか？」

ぼんやり考えていたら、お客さまに話し掛けられた。

「はい、もちろんです。二種類ありますけど、どちらがいいですか？」

その方の後ろにも、お客さまが控えている。試食効果は絶大だ。ぼんやりしている暇はない。

「これは、家庭で作るのとちょっと違うわね」

「はい、うちの食堂で長年作っているものを瓶詰にしたんです」

そんな会話をお客さまと交わす。いろいろ話をしたお客さまは、たいていの場合ひとつは買ってくださった。

お昼が近づくにつれ、おにぎりパックを求めるお客さまが増えてきた。お隣りのパン屋が、十一時頃には売り切れてしまったので、なおさら売れ行きがよくなった。十二時前にはおにぎりは完売した。瓶詰も、三分の二以上売れている。

「これでは売るものが足りないわね。売り場も寂しいし。瓶詰、追加しましょうか」

香奈さんが言うと、先生も、

「そうね。時間はまだまだあるし、追加はあった方がいいわね」

と、賛成する。それで、香奈さんが自転車を飛ばして取りに行くことになった。

「あせらないで、気をつけて行ってね」

　私たちはそう言って香奈さんを送り出した。

「おにぎり完売」と札を出すと、お店は少し暇になった。お隣りのパン屋は早々に片付けを始める。朝方のイベントなので、三時にはどの店も撤収になるが、パン屋は一番最初に終わった。開店から三時間経たずに完売だから、かなり効率がいい。

　隣りがいなくなったので、部屋の中はがらんとしている。昼時だからだろうか、お客さんも少し落ち着いてきたようだ。

　そこへ、小さな女の子がひとりで近づいてきた。見たことのある女の子だ。

「あの……」

「あら、さっきの小さなお客さまね。花蓮ちゃん、ってお名前だったわね。花蓮ちゃん、何か用かしら？」

　先生は少しかがんで、女の子の目線に合わせている。花蓮ちゃんは「あの……」と言ったまま、はにかんでいる。

　先生は笑みを浮かべたまま、花蓮ちゃんが切り出すのを待っている。花蓮ちゃんは、先生のやさしい態度に勇気づけられたのか、思い切ったように言う。

「あの……お酢をください」

「お酢？」

「その、瓶の中に入っているの」

花蓮ちゃんは、見本のピクルスを指差した。

「この、野菜の漬かっているお水のこと？」

先生が聞くと、花蓮ちゃんはこっくりと大きくうなずいた。

「あのね、これはね」

説明しようとした私を、先生はまあまあ、というように手で制した。

「ちょっと待っててね。あんまりたくさんはあげられないけど」

そう言って、先生は荷物の中から紙コップを取り出した。

「どっちがいいの？」

「こっち」

「こっちの方が酸っぱいのよ。それでいいのね？」

先生が念を押すと、花蓮ちゃんはまたこっくりうなずいた。

先生は見本用の瓶を傾け、ピクルス液を紙コップに移す。コップ半分ほどの高さまで入れて、

「これでいいかしら？」

と尋ねた。花蓮ちゃんは中をじっと見つめて、

「ありがとうございます」

たどたどしい口調で言う。それから、大事そうに両手でコップを受け取った。そして、すぐに踵《きびす》を返して、部屋の外へと出ていった。

「どうしたのかしら？」

私は先生に話し掛けたが、

「さあ、おままごとにでも使うのかもしれないわね」

先生は、あまり気にしていないようだった。

しかし、それから十分ほどして、また花蓮ちゃんがやって来た。花蓮ちゃんは売り場の前に来て、もじもじしている。

「どうしたの？」

先生がやさしく声を掛ける。

「あの……また、それ、もらえますか？」

花蓮ちゃんは、からっぽになったコップを持っている。

「えっ？　ええ、いいわよ。さっきと同じでいいのかな」

先生はそう言って、花蓮ちゃんからコップを受け取る。そして、そこにピクルス液

を流し入れた。

「ありがとう」

花蓮ちゃんはそう言うと、部屋を出ていった。

「どうしたんでしょうね」

「そうねえ。……何に使うんでしょう」

「でも、困りましたね。見本のピクルス液はもうこれでほとんどないですよ。野菜が乾いてしまわないといいんですが」

「いざとなったら、また瓶をひとつ開けましょう」

「でも、それじゃ売り物が減ってしまいますね」

「まあ、最初だし、こういうこともいいんじゃない」

先生は窓のところに行き、外を眺めた。そこからは、ガラスの窓越しに下の駐車スペースが見える。珈琲の屋台が出ていて、その奥には飲食できるように小さな椅子やテーブルが置かれている。十席ほど置かれた椅子はほぼ埋まっている。そのうちのひとつを指して、

「あれは、花蓮ちゃんのおかあさんね」

と、先生が言う。確かに、ピクルスを最初に二瓶買ってくださった方がそこにいる。

同年代くらいの女性と、何か夢中になっておしゃべりしているようだ。テーブルの上には空になったおにぎりのパックと珈琲のコップが置かれている。そこで食事した後、くつろいでいるらしい。

視界に先ほどの女の子、花蓮ちゃんが入ってきた。花蓮ちゃんはおかあさんの方には行かず、駐車スペースのちょっと先で、もうひとりの女の子と合流した。もうひとりの子も同じくらいの年齢である。そちらの子は、真っ白な、フリルのたくさんついたワンピースを着ている。ふたりは向き合ってしゃがみ、何か話し合っているようだ。

「あの、これ、いいですか?」

ふいに声がした。振り向くと、新しいお客さまが試食の紙皿を眺めている。

「ええ、もちろんですよ」

先生と私は窓際を離れ、お客さまの方に向き直った。

「どうぞ、二種類ありますので、お試しください」

そう言って、試食の紙皿を差し出した。


それから、またしばらくして、花蓮ちゃんがやって来た。

先生の方を見て、じっとしている。

「あら、また来たの？　また、このお酢がほしいのかな」

花蓮ちゃんはうん、とうなずいた。

「そう。だけど、ほんとはこれだけでは足りないんじゃない？」

花蓮ちゃんはびっくりしたように目を見張った。

「お友だち、困っているんでしょう？　子どもだけだと、なかなかうまくいかないわね」

先生の問いかけに、花蓮ちゃんは何も答えない。驚きのあまり、動けなくなっているようだ。先生は屈んで、花蓮ちゃんと視線の高さを同じにした。

「もしよければ、おばさんが手伝ってあげる。もうひとりの子をここに連れてきて」

そうして、安心させるように花蓮ちゃんの右手を両手で握った。

「大丈夫、おかあさんたちには内緒にしてあげるから」

それを聞いて、花蓮ちゃんはちょっと考え込んだが、すぐに黙って下へと降りていった。

「どういうことなんですか？」

私が先生に尋ねると、先生はにこにこして答えた。

「まあまあ、すぐにわかるわ」

やがて花蓮ちゃんに連れられて、もうひとりの女の子がやって来た。こちらの子はフリルがたくさんついた白いワンピースに、白いリボンで髪を結っている。子どもとしたら、せいいっぱいのおめかしだろう。

だが、転んだのだろうか、その白いワンピースの裾が砂と血液で汚れている。

「まあ、たいへん。こっちにいらっしゃい」

先生は、隣りの部屋の方に子どもたちを連れていった。そちらには関係者以外立ち入り禁止の洗面所がある。私もついて行きたかったが、ちょうどお客さまが現れたのでそちらのお相手をする。目の前のお客さまにちゃんと向き合うことの方が、いまは大事だ。

十分ほどして、私がお客さまと談笑していると、先生が女の子たちと洗面所から出て来た。しかし、売り場に立ち寄ることなく、

「ちょっと下に行ってくるわ」

とだけ告げて、階段を降りて行った。女の子たちもそれに続く。それを横目で見ながら、私は接客を続けた。

お客さまが瓶詰を購入されて部屋を出て行くと、私はすぐに窓辺に行き、下を眺めた。先生が、花蓮ちゃんのおかあさんともうひとりの女性に、何か説明をしている。

遠いので、何を話しているのかはわからないが、しきりにもうひとりの女性は恐縮している。先生に何か謝っているようだった。先生はそんな必要ない、というように顔の前で手を振る。そして、女の子たちに何か声を掛けると、こちらのビルの方に向かってくる。

「どうしたんですか？」

先生が部屋に戻ってくると、私はすぐに声を掛けた。

「花蓮ちゃんのお友だちの美咲《みさき》ちゃんがね、転んでお洋服を汚してしまったの。それで、私が洗って差し上げたのよ」

「はあ」

「それだけのこと」

私はキツネにつままれたような気持ちだ。

「先生は、美咲ちゃんが洋服を汚していたのを知っていたんですね。それで、花蓮ちゃんに連れて来なさいって言ったんでしょう？」

「まあ、そういうことね」

「でも、どうしてわかったんですか？　ここから見ただけでは、そこまではわからなかったでしょう？」

先生はずっとこの部屋にいた。美咲ちゃんという女の子のことも、知らなかったはずだ。

「ええ。だけど、花蓮ちゃんがお酢がほしい、って言ってたでしょう」

「そうですけど」

それで何がわかるというのだろうか。

「なんでお酢が欲しいのかな、と思ったの。すっぱいのは苦手だというのに、酸味の強い方を選んでいたから、飲みたいわけではないわね。だとすると、別の目的だろうと思ったの」

「別の目的？」

「ええ。花蓮ちゃん、最初に『お酢をください』って言ったのよね。つまり、お酢を知っていたわけ。料理をするわけでもない女の子にとって、お酢はなんのために必要か、と考えたの」

「料理以外に使う？」

なんだろう。お酒なら消毒ってことも考えられるけど……。

お酢の別の使い途《みち》って、あっただろうか。

「あ、そうだ。お掃除の汚れ落としに使うんだっけ」

ふいに閃《ひらめ》いて、私は思わず大きな声で言った。

「そう、その通り」

正解、と言うように、先生はにっこり笑った。

「花蓮ちゃんのおかあさんは、おそらくナチュラル志向なのね。お掃除の時も、合成洗剤は使わず、お酢や重曹《じゅうそう》を使っているんでしょうね。だから花蓮ちゃんはお酢のことを知っていたの。それで、美咲ちゃんがお洋服を汚して困っているのを見て、お酢をかければ落ちると思ったのよ」

「ああ、なるほど。……でも、血の汚れは、お酢で落ちるんでしたっけ？」

「いいえ。お酢で落とせるのはアルカリ性のもの。水垢とか石鹸のカスなんかには効果を発揮するけど、血液はほぼ中性だし、役には立たないわ。だけど、花蓮ちゃんはそこまでのことはわかってなくて、お酢で汚れが落ちる、と思い込んでいたのね」

「ああ、そういうことなんですね」

「美咲ちゃんのおかあさんは、ちょっと厳しい方みたいね。その朝、白いワンピースを着たいと美咲ちゃんが言ったら『絶対汚さないで』と言ったらしいの。それなのに転んで汚してしまったから、美咲ちゃんは困ってしまったのね。それを知った花蓮ちゃんが、なんとかしてあげたいと思って、ここのお酢のことを思いついたのね」

「そうだったんですか」

花蓮ちゃんのおかあさんは、リネンの服を着て、手編みの籠を抱えていた。この辺りに多い、典型的なナチュラル志向の主婦の定番スタイルだ。掃除もお酢と重曹を使うタイプ、というのも納得できる。

「まず、足を洗って傷口に絆創膏を貼ったわ。たいした怪我ではないけど、少し血が出てしまってね。裾のところを汚してしまったの」

「それで、血液は落ちたんですか?」

「ええ、とりあえずつまみ洗いをしたわ。血液が固まる前にぬるま湯で洗う、これがいちばん汚れが落ちる方法だから。今回はちょっと染みが残ってしまったから、おかあさんには漂白剤で洗うことをお勧めしておいたの。そうでなければ、クリーニングに出すようにって」

「それで、美咲ちゃんのおかあさん、怒ってました?」

「そうでもないのよ。それより、怪我したことの方を心配されていて……。美咲ちゃんに、服を汚すなって言い過ぎたかも、って反省していらしたわ」

「ああ、よかった」

それはまっとうなおかあさんだ。厳しくても愛情のある人に違いない。

「子どもは子どもなりに考えたんでしょうけどね。汚したらダメってことばかり頭に残っていたんでしょう。おかあさんとしたら、服の汚れよりも、娘の身体の方が大事なのに」

「そうですね。子どもならでは、ですね」

私は花蓮ちゃんの緊張した顔を思い出した。勇気を奮い起こして、お酢をくださいと言ったのだろう。友だちを助けたい一心だったか、と思うと自然と笑みが浮かんでくる。

「だけどね、子どものやること、って笑えないわね。おとなだって、時々何が大事か、見失うこともあるから」

「というと?」

「おとなは『何をやるべき』っていう義務感が強いでしょう?　そうしてしばしば自分の感情を押し殺してしまうことがある。たとえば……」

「たとえば?」

「そうね、たとえば……真面目な人ほど、会社には毎日行かなきゃとか、いい社会人でいなきゃ、という気持ちが強いわね。それで、うまくいっていればいいけど、時には仕事が辛い、会社には行きたくない、という気持ちを押し殺してしまうこともある。

こころが悲鳴をあげているのに、それを無視して、倒れるまで頑張ってしまう」

「ああ、そうですね。会社の先輩で、そういう人がいました。すごく頑張っていらしたんですけど、ある日突然、会社に来なくなってしまったんです。いつもにこにこされていたので、そんなふうに辛い気持ちでいらっしゃったなんて、誰も気づきませんでした」

それを聞いて、先生はふっと溜息を吐《つ》いた。

「もしかしたら、本人も気づいていなかったかもしれないわ。おとなはしばしば自分の感情にふたをしてしまうから」

「感情にふたをする？」

「だって、辛いとか苦しいと認めてしまったら、会社にいられなくなるでしょう。だけど、会社を辞めたらたいへんだ、と頭で思っていると、辛いという感情の方を無視してしまう」

「でも、それも大事じゃないですか？　みんなが感情の赴くまま行動していたら、いろんなことが立ちゆかなくなる」

社会人としてやっていくには、多少の我慢は必要だ。自分がやりたいようにしていたら、だらだらと怠けてしまう。前の会社を辞めた後の私がそうだった。何もする気になれなかったのだ。先生と出会わなかったら、あのままだらだらダメな状態が続いたかもしれない。

「それはその通りよ。好きなことばかりできる人間はなかなかいない。だけど、ほんとうに大事な感情は手放しちゃいけないわ。こころが喜ぶことをしていれば、面倒なことも面倒ではない。ひとつひとつのことが、意味のあることになりますから」

先生の言葉にはっとした。

私のいまの状態をぴったり言い当てているからだ。

食堂の仕事は辛くない。むしろ、こういうことをやりたい、ああいうこともやりたい、って次から次へとアイデアが出てくる。手間は掛かるけど、それを面倒だとは思わない。菜の花食堂がよくなっていくための大事なプロセスだと思っているから。

それを仕事にしたい。その気持ちははっきりしている。

だけど、ほんとうにできるだろうか。安定した正社員の道を選んだ方がいいんじゃないだろうか。そういう気持ちがあるから、一歩が踏み出せないでいる。

たとえ正社員になれたところで、私はいまの仕事を心からやりたいと思っているのだろうか。一生続けたい仕事なのだろうか。

もしそうだったら、宅建を取るとか、いまの仕事に役立つ勉強をしているはずだ。

だけど、私の本棚にあるのは、カフェ経営の本とか起業の勧めとか、そんなものばかりだ。いまの会社で正社員になったとしても、いずれは独立したい、と思っている。

自分の気持ちは、はっきりしているではないか。

自分に嘘はつきたくない。あの、倒れてしまった神崎先輩のようにはなりたくない。

「ただいま戻りました」

瓶詰の追加を取りに行っていた香奈さんが、ようやく戻ってきた。それで、私の考えは中断された。

「遅くなってすみません。自転車が途中でパンクして、結局歩いて戻ってきました」

「あらら、それはたいへんね」

香奈さんは、追加で三十ほどの瓶を抱えてきた。それを、テーブルの上にどん、と置く。なかなかの量だ。これから閉店まで三時間ほど。これをできるだけ売って、帰りの荷物を減らさなきゃ、と思う。

「あれからずいぶん売れたみたいですね」

香奈さんが私に聞く。

「ええ、あと一瓶ずつしかないから、グッドタイミングよ」

「よかったー。これだけ売れたら、成功ですね。次に繫がりますね」

「そうそう、忙しくて話し忘れていたけど、さきほどまで隣りにいらしたパン屋さんがね……」

私はふたりに、パン屋で瓶詰の取り扱いをしてもらえるかもしれない、という話をした。

「それはすごいわ。さすが優希さん、もう注文取ってくるなんて」

香奈さんが褒めてくれるので、私は慌てて否定する。

「私の手柄じゃないですよ。先方から声を掛けてくださったんだし。たまたまですよ」

「たまたまってことはないわ」

先生がにこにこしながら言う。

「相手の方はあなたとお話しして、あなたという人間を信用できると思ったから、そう言ってくださったのよ」

「そうでしょうか。やっぱり味が良かったからじゃないですか？」

「もちろん味も大事だけど、それを売る人の人柄も相手を動かすのよ。両方なければ売れるものにはならないわ」

「そうよ、優希さんがいてこそ、よ。優希さんがいればどんどん新しい仕事も広がっていきそうな気がするわ」

　ふたりが褒めてくれるのは嬉しい。先生も香奈さんも、ちゃんと私のいいところを認めてくれるのだ。

「ともかく香奈さんの持ってきてくださった分、売り切りましょう」

　照れくさくなって、そう言ったが、嬉しい気持ちがそれまでの疲れを吹き飛ばしてしまうようだった。

「いらっしゃいませ」

　新しく来たお客さまに、私はいつもより大きな声で挨拶をしていた。


「来週から、毎週……ですか？」

　週明け早々、私は課長に会議室に呼び出されていた。

「ああ、そうなんだ。君には申し訳ないけど、いまいろいろと大変な時期だし、ほかのスタッフも、休み返上で頑張っているから」

　課長からの要望は、それまでの週休二日制をやめて、一日だけにしてほしい、ということだった。

「もちろん、その分の日当は支払うし、君については昇格も考えているから」

ここで昇格を持ち出すのはちょっと卑怯だ。ほんとうかどうか、確かめようがないし。

「それで……週休一日はいつまで続くのでしょうか」

「そうだなあ……いまのところ、いつまでという約束はできないけど、新しい人員が補充されたら、元に戻ると思うよ」

しかし、新しい人員を募集している、という話はない。ほかの派遣の仲間とも話をしたが、減った人数でできるなら、このままで続けるつもりではないか。会社の景気があまりよくないから、人員削減をもくろんでいるのではないか、と勘ぐっている。

「ですが……私の場合、二日の休みでやることがあって……」

「ああ、そういえばなんとかいう食堂でもバイトしてるんだっけ？　そっちの時給よりもうちの方がいいんじゃない？　どっちにしても、うちで社員になったら、アルバイトは禁止だから、そっちを辞めてもらわなきゃいけないし」

アルバイト禁止。

そうか、こっちの社員になったら、そういうことになるのか。

課長が社員昇格を真面目に検討しているらしい、という事実よりも、そっちの方が重く感じられた。

「申し訳ありません。私、休みを減らす訳にはいきません」

「えっ、どうして？」

「私、いずれは食堂の仕事に専念するつもりなんです。いまはその準備をしているところなので、空いた時間をなるべくそっちの仕事に充《あ》てたいんです。だから、これ以上出社は増やせません。申し訳ありません」

私は深々と頭を下げた。

「じゃあ、こちらでの昇格の話もなしになるけど……それでも、いいの？」

課長は探るような目つきでじろじろと私を見る。強面の課長にそんなふうに見られると、怖いような、心細いような気持ちになる。しかし、勇気を奮い起こして、私は課長の目に視線を合わせた。

「はい、お心遣い感謝します。だけど、もう決めていましたので」

課長は私の視線を受け止めきれないようで、手元の書類に目をやった。

「そうだったのか。……残念だけど、それなら次の更新はしないつもりなんだね」

派遣社員の次の契約は二か月後だった。

「はい、すみません」

自分から言ったというより、言わされた、という感じだった。辞めるのは半年後とか一年後とか、もう少し先のつもりだった。菜の花食堂の売り上げをもう少し上げてからと思っていた。

でも、言ってしまったら、気持ちがすっきりした。

「わかった。残念だけど、仕方ないね」

「はい、いろいろありがとうございました」

慰留もしてくれないんだな、とこころがちくん、と痛んだ。

しかし、それもほんの一瞬のことだった。

これで食堂の仕事に専念できる。その嬉しさの方が勝っていた。角を曲がったらいきなり視界が開けたようで、先がすっと見通せるような気がした。

いろいろたいへんかもしれないけど、きっとなんとかなる。なんとかしてみせる。

新しいステージに上がる喜びに満たされて、私の胸は弾んでいた。

のらぼう菜は試みる

会社の休日の朝、私は散歩がてら足を延ばして、坂上にある保田さんの敷地の無人販売所に出掛けた。その日は午後から菜の花食堂に行くことになっていたが、午前中は暇だったのだ。保田俊之さんはずっと昔から先生とつきあいがある農家さんで、食堂に定期的に野菜を届けてくれる。

野菜の直接販売の仕方は、農家によってまちまちだ。小さな二段か三段くらいの本箱みたいな棚に野菜を並べているところもあれば、透明な扉のコインロッカーにひとつずつ野菜を入れ、欲しい人が硬貨を入れて取り出す方式のところもある。無人ではなく、誰かが売り場に常駐しているところもある。保田さんのところは無人だが、ちょっとした本箱よりも大きな棚に、いろいろ野菜を並べている。このあたりはいくつか無人販売所があるが、保田さんのところがいちばん棚が大きく、野菜の種類も多くて質もいいので、買うならここ、と私は決めている。

販売所に着くと、ちょうど保田さんが野菜を並べているところだった。保田さんは六十代半ば、陽によく焼けて声が大きく、よく笑う。私や香奈さんも、明るい保田さんに好意を持っていた。

「こんにちは」

「ああ、靖子さんのところの、えっと……」

「館林優希です」

保田さんが私の名前を忘れているようなので、自ら名乗ることにした。

「すみませんね、年を取ると、どうも物覚えが悪くて。そうそう、優希さんって靖子さんが呼んでたんだっけね」

実は、こんな風に保田さんに名乗るのは三回目だ。下河辺という姓が呼びにくいからと、靖子さん、と呼ぶほど先生と親しいのに、いっしょにいる私はなかなか覚えてもらえない。私の影が薄いのかな、などと思ってしまう。

「それで、今日は何かお入り用かな？」

「ほうれん草とか、何か葉物があれば、と思ったんですけど」

「ああ、残念、こっちに出していた分は全部売り切れてしまったよ。でも、ちょっと待っててね」

保田さんは販売所の棚の裏手にある母屋の方に引っ込んだ。そしてすぐに青菜の束を持って現れた。

「これ、どうぞ」

のらぼう菜だ。ふだんここで売っている葉物の束の、倍くらいはありそうな量だ。

「わあ、こんなに食べきれるかしら。私、ひとり暮らしなんですよ」

ここに住むまでは、私ものらぼう菜のことを知らなかった。江戸東京野菜という伝統野菜の一種で、東京でも西多摩と、埼玉の一部でしか作られていない。アブラナ科の一種で、茎が太く、葉の色は明るい黄緑色だ。作られている数が少ないからか、鮮度が落ちやすいためか、スーパーにはほとんど出回っていない。あまり扱ったことがないので、おいしく料理できるか自信がなかった。

「のらぼう菜は何にでもできるんだよ。コツはね、葉と茎とでゆでる時間を変えること。茎は二分とか三分とか茹でるけど、葉っぱの方はさっとゆがくだけでいい。そこさえ守れば、あとはお浸しにしたり、炒め物にしたりしてね。小松菜でできることなら、たいていのらぼう菜でも大丈夫だよ」

「そうですか。思っていたよりずっと長く茹でるんですね」

ほうれん草も小松菜も、三十秒も火を通せば十分だ。あとは余熱で火が通るし、茹ですぎるとまずくなる。

「前に一度うちでのらぼう菜を料理したんだけど、うまくいかなかったのはそのせいなんですね」

　東京近郊の多くの農家がそうであるように、保田さんの家も農業で食べているというより、土地を利用した不動産が収入の柱になっている。ほんとは農業をやらなくても食べていけるのだが、先祖代々の家業をやめる訳にはいかない、と農業の仕事を続けている。保田さんは珍しい野菜を作ったり、低農薬などの試みも積極的に行っている。手間の掛かる江戸東京野菜なども何種類か試している。のらぼう菜も、ほかで作る人が少ないと聞いて始めたものらしい。

「茹でが足りないと、筋張っていて食べられたもんじゃないからね。そこさえ気をつければ、クセがないから食べやすいよ」

　自分が作った野菜を、保田さんはとても大事にしている。尋ねれば、おいしい料理の仕方も教えてくれる。先生と気が合うのも、それだからだろう。

「じゃあ、これ、いただきます。おいくらですか？」

「えっと、のらぼう菜は百円だったかな。その箱に入れておいてよ」

「え、そんなに安くていいんですか？　こんなにたくさんあるのに」

「大丈夫、売るほどたくさんあるんだから」

　そう言って保田さんは、目が無くなってしまうようなくしゃっとした笑顔を浮かべた。

「では、ありがたくいただきます」

私は持参したエコバッグにのらぼう菜を詰めた。手に取ると、まだ朝露が滲んでいるのがわかった。今朝採ってきたばかりなのだろう。

「でも、なるべく早く調理してね。どんな味付けよりも、野菜は新鮮さが命だからね」

「はい。私も、ＪＡや無人販売所でその日採れたばかりの野菜を買うようになって、それがわかりました。この辺りは、無人販売所が多いので助かります」

「でしょ？　そう言ってもらえるのが何よりだよ」

「そういえば、最近はちゃんとお金を入れない人もいるって聞くんですけど、保田さんのところは大丈夫なんですか？」

そんな話題を、新聞の武蔵野版のページで読んだばかりだ。それで無人販売をやめた人もいると聞いて、ちょっと心配になったのだ。

「うちの近所はいい人ばかりだからね。お金が足りないなんてことは滅多にないよ。それどころか、最近ではお金を多く置いて行く人もいるんだ」

「多く置いて行く？」

「ここ三、四か月の話だけどね、だいたい月末の一週間くらいは、こっちの計算より売り上げが多いんだよ」

「多いって、どれくらい？」

「そうだな。多い日は千円以上のこともある」

「ええっ、それはすごいですね」

ひとつ百円、百五十円で売っているものだ。少額なら、買い手の計算間違いということも考えられるが、千円となると、勘違いでは済まされない額だ。

「多いのはありがたいけど、ちょっと気持ちが悪くてね。なんだか自分がズルをしたみたいな気がするんだ」

地道に農業を続けてきた保田さんらしい言葉だ。儲かればいい、とは思っていないんだろう。

「誰かが、わざわざお金を多く入れてくれるんでしょうか」

「お金が多いってことは、そうなんだろうな。だけど、どうしてそんなことをするのか、不思議なんだよ。それもね、お札が余計に入っているとかじゃない。小銭が増えているだけなんだ」

それを聞いて、私の頭に先生の顔が浮かんだ。

「だったら、靖子先生に聞いてみましょうか?」

「靖子さん? なぜ?」

「靖子先生、そういう謎を解くのが得意なんですよ。ミス・マープルみたいに、ちょっとしたヒントから解き明かしてくれるんです」

「ミス・マープルって誰?」

保田さんが首を捻る。保田さんはミステリにはまったく興味がないタイプのようだ。読書にあまり関心がないのかもしれない。

「アガサ・クリスティっていうイギリスの作家が書いたミステリの主人公ですよ。田舎の未婚のおばあさんなんですけど、ほんのちょっとの手がかりから、殺人事件の謎を解いたりするんです」

「靖子さん、殺人事件に関わったりしたの?」

保田さんが驚いたように目を見張る。

「いえ、そんな大きな事件を解決したわけではないんですけど、日常のちょっとした謎を、いつも正しく解き明かしてくれるんです」

「ふうん、そんな特技があったんだ。長いつきあいなのに、知らなかったよ」

「保田さんは、靖子先生といつお知り合いになったんですか?」

「そうだな、もう二十年以上前になるかな。近所にレストランができたっていうんで、好奇心で食べに行ったんだよ。この辺りじゃ、あんまり店もないからね。それで、気に入ったんで何度か通って顔馴染みになった頃、畑で仕事してたら、向こうから声を掛けられたんだ。おたくの野菜を少し分けてくれないか。新鮮な野菜をお店で使ってみたいからって。今でこそ、この界隈では野菜の無人販売が奨励されているけど、当時はそんなこともなくってね。野菜は農協におろすもの、と思っていたから、この人は何を言うんだろう、と不思議だった。でもまあ、顔馴染みだったし、うちの野菜をぜひ、と言ってくれるのは悪い気はしないしね。で、最初は少しだけ売って、それが気に入ってもらえたんでだんだん扱いが増えて、週三日届けるようになったんだ」

「じゃあ、ほんとに昔からのつきあいなんですね」

「その頃はお子さんたちもいたし、伯母さんも元気でいらしたしねえ」

「伯母さんって？」

「あれ、知らなかったのかな。あの家、もともとは靖子さんの伯母さんが住んでいたんだよ。なかなか豪快な人でね、離婚して行き場のなくなった靖子さんを、伯母さんが子どもごと引き受けたんだ」

「そうだったんですか」

そう言えば、以前そんな話を聞いたことがある。靖子先生のおかあさんは再婚で、義理のおとうさんと養子縁組をしていなかったので、親の家を相続できなかった。だけど、伯母さんが家を遺してくれた、って言ってたっけ。

「靖子さんもその恩には十分報いたと思うね。伯母さんの方も、最後の三年くらいは寝たきりだったけど、靖子さんが実の親にするように手厚く看病して、ちゃんと最期を看取ったからねえ。偉いもんだよ」

それも聞いたことがない。そもそも靖子先生は苦労話をまったくしない。ふだん接していると、いいところの奥さまが旦那さまの庇護のもと、そのままおっとり年を取っていったようにしか思えないのだ。

「全然知りませんでした」

「まあ、こっちは古いつきあいだからね。あっちもうちの家族のことをいろいろ知ってるよ」

「じゃあ、家族ぐるみのおつきあいなんですね」

「靖子さんとこの息子と、うちの長男が同級生だったしね。学童でもいっしょだったし、何かと縁があったんだよ」

「そうでしたか。だけど、謎解きのことは知らなかったんですね」

私はちょっと優越感を持った。先生のそういう一面を知っている人は、そんなに多くないのだ。

「まあね。今度、靖子さんに、うちの謎も解いてよ、と伝えておいて」

「わかりました。必ず」

私が真面目に答えると、保田さんは「頼むよ」と言って、また皺だらけの笑顔を浮かべた。


その日の午後、私は香奈さんと菜の花食堂で会うことにしていた。お店が定休日なので、ピクルス作りをするためである。営業日にはなかなかそこまで手が回らないので、定休日にまとめて作ることにしている。野菜を洗ったり、皮を剝いたりしながら、お店の今後についても話し合う。

「優希さんが営業してくださったおかげで、うち以外でも三店舗ほどのお店で瓶詰を扱っていただけることになったわ。幸先いいスタートね」

先生が褒めてくれるが、私はあまり喜ぶことができない。三軒では、売り上げとしては物足りない。

「まだまだこれからです。扱ってもらえるお店をもっと増やさないと、と思うし、菜

「料理付きのミニコンサートとか、誰かの講演とか。イベントをやれば、ご近所以外の人も来てくれると思いますし、店の名前も広めることができると思います」

これも、香奈さんと相談していたことだ。市内には、自宅をちょっとしたサロンにしているところや、イベントを積極的に行うカフェもあった。菜の花食堂だってできないことはない。

「それはおもしろそうだけど……、音楽を演奏してくれる人とか、講演してくれる人についてはあるの？」

「はい。私の友人が音大出身で駆け出しの音楽家なんですけど、演奏できる場所があれば、喜んで来るって言っています。彼女の友だちにも、そういう人は何人もいるそうですから、なんとかなるんじゃないかと思います」

香奈さんが意見を出す。私も続けて、

「クラシックでなくても、ポップス系でも、神社のマルシェで演奏していた人を川崎さんに紹介してもらえば、呼べると思います」

と、言ってみる。先生はそれをにこにこしながら聞いている。

「香奈さんや優希さんが入ると、このお店も活気づくわね。私はお料理をお出しすることだけ考えて、イベントなんてとても無理と思っていたけど、ふたりならできるかもしれない。お店があるということは、〝場〟があるということ。ただ料理をお出しするだけでなく、お客さまたちが交流したり、楽しみを提供したりする場所があるってことですものね」

先生の言葉に、私ははっとした。そうだ、場があるという強みを生かせれば、音楽以外にもやり方があるかもしれない。

どうすれば、いいだろうか……。

その時、「ごめんください」と、入口の方から声がした。

「どなたかしら」

私は立ち上がって入口のところに行った。

「あ、保田さん」

さっき別れたばかりの保田さんが、野菜の入ったダンボールを持って立っていた。

「ああ、さっきはどうも」

保田さんも私に気づいて、にっこり笑った。

「あら、何かあったのですか？」

先生も奥から出てきた。

「ここに来る前に、保田さんのところで野菜を買ったんですよ。のらぼう菜の大きな束を売っていただきました」

「そうだったの」

「これ、今日の分」

保田さんが差し出したダンボールの中には、セロリやきゅうり、ミニトマトなど、瓶詰のピクルスの材料が入っている。

「ありがとうございます。いつも届けていただいて、助かります」

香奈さんが言うと、保田さんはいやいや、と言うように手を振った。

「この辺もうちのテリトリーだからね。時々見回りしているから、そのついでだよ」

保田さんの家は昔からの地主で、市内のあちこちに土地がある。家があるのは坂上だが、坂下のこの辺りにも少し土地を持っている。

「えっと、お願いしていたのは、セロリが五本、ブロッコリーが七つ、それと、あれ、これは注文していたかしら？」

渡された籠の中に、のらぼう菜がひと束入っている。ピクルスには関係ない野菜だ。

私がそれを保田さんに示すと、

「ああ、それはサービスでお持ちしたんです。どうぞ、使ってください」

「まあ、ありがとう。明日のランチの味噌汁に使わせていただくわ」

背後から覗き込んでいた先生が、嬉しそうに言う。

「お得意さまへのサービスなんで、ごめんね」

保田さんが、朝方のらぼう菜をお金を出して買った私に、気を遣ってくれる。

「もちろんですよ。先生はお得意さまですものね。うんとサービスしてあげてください」

私は笑顔を返す。私の分も、ふつうより大きな束だった。靖子先生のところの子だからと、おまけしてくれたのだろう。

「ありがとう。ところで、えっと、館、館……」

「館林さんのこと？」

先生が助け舟を出す。

「そう、館林さんだっけ。言いにくいな」

「優希さんでいいと思うけど。ね？」

先生が私に同意を求めたので、私も「はい」とうなずいた。

「じゃあ、優希さん、あのこと靖子さんに聞いてくれた？」

「いえ、まだです」

保田さんが言いたいのは、お金が増える売り上げ箱のことだとわかったが、まだそれについては話していなかった。

「なんのこと？」

先生が聞くので、私はざっと経緯を説明した。

「お金が増えているねえ」

聞き終わると先生は腕組みをして考え込んだ。

「足りないよりはありがたいことだし、女房はそっとしておけって言うんですけど、なんか腑に落ちなくてね」

「そうねえ。保田さんにしてみれば、そうよね」

「でまあ、靖子さんにこの謎が解けるなら、解いてもらいたいと思ったんだよ」

「そうですか。……四か月くらい前までは、確かにそういうことはなかったのね？」

「もちろん。それまでも計算が合わないことはよくあったけど、たいていは二百円三百円足りないってくらい。多い時があっても、たまに五十円多く入っていたとかそれくらい。誤差の範囲だったんだけど、最近は千円二千円多いこともあるんだ」

先生は立ったまま、考え込んでいる。

「無人販売所は、保田さんのご自宅の敷地の端にありましたよね」

しばらく沈黙した後、保田さんに質問した。

「うん。正確には敷地の端にアパートがあって、その駐輪場の脇に販売用のスタンドがある。道路に面しているんで、そこがいちばんいいと思って設置したんだ」

「ご自宅から、無人販売所を見ることはできるんですか？」

「遠目なら見ることはできるけど、いつも監視するわけにはいかないしね。でも、目の前が道路だから人通りはあるし、アパートの住人の目もあるから、そんな悪いことはできないよ、いままでも大きなトラブルもなく、やってこられたしね」

「アパートのお向かいは、どうなっているんですか？」

「ふつうに民家が並んでいる。古くから住んでる人ばかりで、いいご近所さんだよ」

私も何度か行ったことがあるので、あの界隈がどうなっているかは知っている。昔は農地だった一帯だが、それがどんどん潰されて、新しい戸建てに替わっている。だが、保田さんの家の前はかなり前に開発された区域で、古い住宅が多い。

「アパートの人たちは、販売所のいちばんのお得意さんだよ。すぐ横に八百屋があるようなもんだ、って喜んでくれている」

「アパートは、どういう方が入っているんですか？」

「そんなこと、関係あるの？」

保田さんは警戒するように言う。あまり店子《たなこ》のプライバシーを語りたくない、と思っているのだろう。

「ええ、一応聞いておきたいんです」

「うちの店子はみんないい人たちだよ。世帯用に作った2DKなんで、所帯持ちがほとんど。子どものいる家も多いんだけど、みんな仲良くやってるよ。子どもたちなんか、うちの庭を三輪車でぐるぐる走り回っているしね」

「それ、許しているんですか？」

私はびっくりして、思わず口を挟んだ。近頃では保育園や小学校の子どもの声がうるさい、と苦情を言う人が多いというのに。

「ああ、もちろん。子どもの声を聞くと、こっちも気持ちが明るくなるし。どうせたいして使ってない庭なんだ。狭いアパートの中だけじゃ退屈しちゃうだろうし、畑を荒らさなきゃ、別にかまわないよ、と言ってあるんだ」

なんとも太っ腹だ。まるで落語に出てくる長屋の大家さんのようだ。こういう大家さんなら店子も嬉しいだろう。私も、保田さんのアパートに入ればよかった、と思う。

「何世帯入っているの？」

「全部で六部屋だけど、みんな埋まっているね。長く住んでくれる人が多いんで、助かるよ」

「みんな家族持ち？」

「いや、一軒だけ独身がいるんだけどね。半年前に入居してきた人なんだけど、なんでも出版社に勤めていて本が多いので、広いところがいいんだそうだ」

「そういう人だったら、もっと都心を好むのかと思っていました」

思わず私はそう口にした。出版社勤務の人をよく知っているわけではないが、スタイリッシュなライフスタイルを好む、というイメージがある。

「さあねえ。なんでも茨城の田舎育ちなんで、畑が近くにあるようなところがいい、って言ってたよ。実家も農家だったそうなんで」

「入居の時、そういうことも聞くんですか？」

先生が重ねて質問をする。

「そういう訳じゃないけど、うちは店子さんを集めてたまにバーベキューをやるからね。その人も、時間がある時は参加してくれるんだ。そういう時にいろんな話をするからね。自然とお互いのことがわかってくるんだ」

「バーベキューですか。大家さんがそんなことやるなんて、珍しいですね」

「ん、たまにはそういうことがあると楽しいでしょ。それに日頃から仲良くしておけばトラブルも起こらないし、何かあった時でも助け合えるし。うちも野菜が採れすぎて余ることがあるから、そういう時に突発的に号令を掛けるんだ。会費は無しで、野菜以外の何か一品持ち寄りってルールだから、みんな喜んで参加してくれるよ。子どもは大はしゃぎだし」

楽しそうだな、と思う。都会は人間関係のしがらみがないところがいい、と思っていたけど、なさすぎるのも寂しいと、最近では思うようになった。会社という集団から出てしまうと、都会での繋がりは希薄だ。私は自分のアパートの隣人の顔もろくに知らない。何かあった時でも、助け合うなんてことは無理だろう、と思う。

「そう……。だとしたら」

先生が言い掛けた時、新たな客が現れた。

「こんにちは」

地元のマルシェの実行委員をしている川崎珠代さんと、もうひとりは知らない女性だ。

「あら、お邪魔だったかしら」

川崎さんの言葉に、保田さんがとんでもない、と手を振った。

「俺の方が長居しすぎたみたいだね。じゃあ、この話の続きはまた」

「えっ、ここで中断してしまうんですか？」

私は思わず口に出してしまった。先生がどうお考えになるか、聞きたかったのだ。

「まあ、仕方ないわね。どっちにしても、いまの話では決め手に欠けるし」

先生は既に謎の核心を摑んでいるようだ。

「どういうことですか？」

「ん、こちらからちょっと確かめないと」

先生はそう言うと、保田さんの方を向いて言った。

「ひとつだけ、店子さんに聞いてみてほしいことがあるんですけど」

そうして先生はある言葉を告げた。

「それでいいんですか？」

「ええ、それでわかると思います」

「わかりました。それくらいなら。……じゃあ、私はこれで」

保田さんは川崎さんたちに軽く会釈をして、立ち去った。

「すみません、お忙しいところ。実は、今日はちょっとご紹介したい人がいて、連れて来たんですよ」

川崎さんがそう言うと、横にいた女性が、

「ご挨拶させてください。私、こういう者です」

かれていた。

と、名刺を差し出した。そこには「地域雑誌『わをん』編集部　清水《しみず》みのり」と書かれていた。

「あ、『わをん』の方なんですか」

私は思わず女性の顔を見た。小柄でボーイッシュな雰囲気の、同世代の女性だ。

『わをん』は多摩地区で昔から出ている地域雑誌だ。季刊誌だが、その分取材を丁寧にしており、写真やデザインも美しく、読み応えがある。

「まさか、取材の依頼……ですか？」

おそるおそる聞いてみる。

「ええ、そうなんですよ。次がこの周辺の特集なので、菜の花食堂を紹介したいということなんだそうです」

川崎さんが言うと、清水さんも、

「実は私もここに何度か来たことがあるんですよ。実家が近くなんで、昔からファンなんです。それで、以前食堂の特集をやった時も取材をお願いしたんですけど、お断りされたので諦めたんです。だけど、今回はぜひ登場していただきたくて、川崎さんに応援団として同行していただいたんです」

「この地域らしいお店としてここを紹介してくださるというし、四ページで扱いたいとおっしゃってるのよ。うちも以前、『わをん』さんにご紹介いただいたのですけど、とても丁寧に記事を作ってくださるし、受けて損はないですよ」

川崎さんが熱意のこもった口調で語る。だが、

「そうですねえ」

靖子先生は複雑な顔をしている。もともと靖子先生はあまり宣伝することを好まない。取材はもちろんネットの飲食店の紹介記事にも掲載を許可していないのだ。いつもならスパッと断ってしまうのだが、今回躊躇されているのは、やはり川崎さんの紹介だからだろうか。

「取材はあまり気が進まないのだけど、これから若い人たちが新しいことを始めるタイミングだし、地元に向けての雑誌だったら、出てもいいのかしら」

先生は私たちのために、これまでの方針を曲げて、取材を受けるべきか考えているのだ。

「ぜひお願いします。これから、カフェや夜の営業も始めるところですから、それを記事にしていただけると、とてもありがたいです」

香奈さんが珍しく強い口調でアピールするので、私も同調する。

「そうですよ。これからイベントなんかもやろうと思っていますし、そういうところ

を紹介していただけると、いい宣伝になりますし」

「イベントはいいですね。それはぜひ記事にしたいです。具体的には、どんなものをやるんですか？」

清水さんに聞かれたので、私はとっさに思いつきを話す。

「まだちゃんと煮詰めてはいないんですけど、たとえば野菜にまつわる物語と、それにちなんだ野菜料理を紹介するイベントとか」

菜の花食堂は野菜料理のおいしさが売りだ。その辺をアピールするイベントがいいだろう。

「具体的にはどんな野菜を考えているのでしょうか？」

「たとえば……」

答えあぐねていると、保田さんが届けてくれた野菜が目に入った。

「のらぼう菜」

目に付いた野菜の名前を口にする。

「のらぼう菜って？」

「江戸東京野菜の一種です。江戸東京野菜というのはつまり、江戸時代から昭和の中頃までの間、東京の庶民が食べていた野菜のことで」

　ここまで説明したところで、ぱっと私の中にアイデアが閃いた。

「そうだ、いま思いついたんですけど、江戸時代の人たちが実際に食べていたメニューを再現して、みなさんに食べてもらうというのはどうかしら」

「ああ、それはおもしろそうね」

　先生がすぐに反応してくれた。

「一度、この地域の人たちが長年食べてきたものをちゃんと調べてみたいと思っていたのよ。私は出身が西なので、関東の食についてはまだわからないところがあるし」

　先生は研究熱心だ。長年この地で食堂を経営してきたのに、それでもさらに向上したいと思う、その心がけがすばらしい。

「いいですね。江戸時代のメニューって興味あります。イベントとしてもおもしろそう」

　香奈さんも賛同してくれる。さらに川崎さんも、

「昔の食についての本ならうちにたくさんありますし、当時のレシピのようなものも残っているんですよ。それを実際に作ってくださるのであれば、私もぜひ食べてみたい」

　川崎さんの本業は古書店だ。江戸時代の文献なども扱っているので、食についても

すぐ調べがつきそうだ。

「それ、いつやるんですか？　ぜひ取材させてください。来月初頭くらいまでなら、次の号に間に合いますから」

清水さんもすっかり乗り気のようだ。

「えっ、でもまだ取材をお受けすると決まったわけではないですし……」

私は先生の方を見る。先生は苦笑を浮かべながら、やれやれと首を傾げている。

「あなたたちがやりたいなら、引き受けるしかないですね」

「えっ、いいんですか？」

私と香奈さんの声が重なった。清水さんは、「ありがとうございます」と頭を下げる。

「でも、インタビューは香奈さんと優希さんにお願いしますね。私自身は写真もＮＧですから」

穏やかだが、きっぱりとした口調から、これ以上妥協はしない、という気持ちが伝わってくる。

「でも、私はまだ専任スタッフではないし、取材を受けるなら香奈さんだけの方がいいんじゃないですか？」

私が言うと、香奈さんがとんでもない、という口調で言い返す。

「いまさら何を言うの？　ここまでいっしょにやって来たのに。それに、イベントをやるなら優希さんの力も必要です。優希さんがいっしょじゃなきゃ、私も取材を受けません」

「まあまあ、そんなにむきにならないで。どちらにしても、雑誌が出る頃には優希さんも専任になっているんじゃないですか。発売は二か月以上先なんでしょ？」

先生の質問に、清水さんがうなずいた。

「はい。五月発売の予定です」

「だったら、大丈夫ね。優希さんも受けてちょうだい」

「わかりました」

正直なところ、取材を受けるのはちょっと嬉しい。『わをん』は愛読している雑誌だし、そこにどんなふうに紹介してもらえるのか、楽しみだった。

それに、親もそれを見たら私のやりたいことを少しはわかってくれるかもしれない。そんな気持ちも働いた。以前の会社を辞めた時も「どうするの？」と、心配を掛けた。今回もさらに不安定なところに飛び込むので、理解してもらうのはたいへんだろう。

「じゃあ、問題ないですね。イベントのことを決めちゃいましょうよ」

やり手の川崎さんが言う。なし崩し的に、川崎さんも交えてイベントの企画を進めることが決まった。


結果的にそれは大正解だった。川崎さんはマルシェなどのイベントを経験しているので、実施までに何を準備する必要があるのかをよく知っていたし、彼女のコネでいろんなところで告知してもらえることになった。もちろん、江戸時代の食についての文献も調べてくれた。驚くことに江戸時代にも料理本はあり、さかんに出版されていたのだそうだ。川崎さんのお店でもそうした文献を取り扱っていたので、それも見せてもらった。言葉が難しいのであまり参考にはならなかったが。それよりもいくつか出ている江戸の食の研究本が役に立った。さらに、江戸東京野菜の研究をしている女性を紹介してもらい、その方のアドバイスもいただけることになった。

「江戸の庶民の日常食は、たくさんのご飯、味噌汁、漬物だから、あまりいまの食事と差がつかないんですね。庶民もハレの日は、御馳走を食べていたみたいですけど」

香奈さんが言う。

「だからこそ、なるべく江戸東京野菜を使って、料理を作りたいわね。そちらの方が、より昔の人の味に近くなるから」

先生と私たちは、レシピの相談をしていた。何をもって江戸時代らしい食事とするか、それが難しかった。

「寿司、蕎麦《そば》、てんぷら、鰻《うなぎ》なんかは、庶民でもファストフード感覚で食べていたみたいね。だけど、それじゃ、いまと違いがないわねぇ」

「鰻よりも泥鰌《どじょう》、それに田楽なんかが江戸の食らしいかしら。醬油は江戸中期までは高級品だったそうだから、調味料としては味噌がよく使われていたっていうし」

「昔はこの辺り、栗がたくさん採れていたっていうから、栗もレシピに入れたらどうでしょうか」

いろんなアイデアが出てきた。江戸の料理ということから始まったのだが、地元のことやその歴史などを考えるのによいチャンスだった。いままで知らなかったことがいろいろ出てきて興味深かった。

レシピを考える一方、イベントの料金を決めたり、告知したり、当日のタイムテーブルを考えたりする作業があった。

「料理をお出しするだけじゃ、つまらないわね」

香奈さんが言う。

「そうね。ただ料理を並べても、どの辺が江戸時代らしいかわからないから、解説が必要ね。誰か、司会を頼んだ方がいいのかしら」

　そう答えると、香奈さんは笑って否定する。

「そんな、大仰なことはしなくてもいいんじゃない？　お客さまの数も限られているし、自分たちの料理は自分たちで説明した方がお客さまにも響くんじゃないかしら」

「自分たちって？」

「もちろん優希さんのことよ」

「ええっ、私が？」

　考えてもいなかった。人前でしゃべるなんて、とても恥ずかしい。

「そうよ、ほかに誰がいるの？　先生と私は、当日は料理だけで手いっぱいだし」

「私も、フロアをひとりで切り回すことになるわ。初めてのことだし、それ以外のこと、できそうにない」

「そっちは私も手伝うわ。村田《むらた》さんにお手伝いを頼んでもいいし。だけど、しゃべるのはやっぱり優希さんがいい。優希さんの声、とても気持ちのいい声だもの。誰かよその人に説明してもらうより、優希さんから話してもらいたいと思うわ」

　そんな話し合いが私と香奈さんの間にあり、結局司会は私がやることになった。料理教室の生徒である村田さんと八木さんに助っ人をお願いし、給仕はほぼ彼女たちに任せることにした。イベントは三月上旬の土曜日。雑誌の締め切りを考えると、あまり先延ばしにはできないのだ。まだ私は会社に籍を置いているが、すでに戦力としてはあてにされなくなっているので、土曜日に休むことも黙認されていた。

そんなふうにばたばたと物事が進んだので、保田さんの謎についてあれこれ考える時間はなかった。保田さんとは、野菜を届けてくれる時に会ったりするのだけど、イベントに使う江戸東京野菜をどうするかの相談に乗ってもらっていたので、謎解きの話をする暇はなかった。江戸東京野菜は年中簡単に手に入るものではないので、農家さんのネットワークを通じて仕入れてもらうことにしていたのだ。だから、謎解きについては、イベントが終わってからゆっくり先生に解き明かしてもらおうと思っていた。

告知はチラシを作り、お店で配ったり、近所の知人に渡したりした。もともとの知人や、お店の常連さん、料理教室の人たち、農家の保田さんたちはそれを見て予約を入れてくれた。それだけで半分以上席は埋まった。さらに、川崎さんがマルシェのHPやツイッターで紹介記事を書いてくれた。おかげで、残りの席もあっという間に予約が入った。

会社を辞めて専任スタッフになったら、店のSNSを起ち上げて情報を発信しよう、と私はひそかに決意した。いつもいつも川崎さんに頼るわけにはいかないし、お店の情報をこまめに流すためには自分でやるしかない。

メニューが決まってから当日まで、私はどうやって説明しようか一生懸命考えた。シナリオを何度も書き直し、先生や香奈さんのアドバイスも入れてようやく決定稿が完成したのは、イベントの前日だった。

人前でこんな風に話をするのは初めてだ。うまく行くだろうか。

大丈夫、半分はよく知った顔だ。何かあっても、きっとお客さまが助けてくれるだろう。

自信が持てない自分に、そう言い聞かせる。

当日は、朝から準備をした。料理の下ごしらえを手伝ったり、部屋の飾り付けをしたり。司会のセリフを、八木さん相手に練習したりもした。

料理の開始は夜七時からだが、六時半を過ぎると、ぱらぱらとお客さまが訪れ始めた。

「いらっしゃいませ」

「うわ、いつもと違うね」

最初に来たのは、料理教室の生徒の杉本《すぎもと》さんとその奥さんだ。杉本さんはもう定年退職して数年経っているが、奥さんは四十代半ばのキャリアウーマン。年齢差はあるが、仲のいいカップルだ。

「優希さん、着物素敵だわ」

奥さんが声を掛けてくださる。

「ありがとうございます」

そう言って頭を下げたが、ちょっと照れくさい。江戸料理ということで、スタッフは全員着物を着ることにしたのだ。私は成人式のために作った振袖しか持っておらず、それも実家に置きっ放しなので、私の着ているものは先生からお借りした大島紬《つむぎ》だ。龍郷《たつごう》柄という古典柄の茶色っぽい着物に朱色の帯をあわせている。

「おっと」

杉本さんが何かに足を取られて躓きかけたのを、奥さんが腕を取って支える。

「暗くなっておりますから、足元、お気をつけくださいね」

私は手に持っていた燭台で、杉本さんたちの足元を照らす。

そうなのだ、今日は電灯をつけていない。江戸に思いを馳せ、蠟燭《ろうそく》の灯りですべてを照らしている。やわらかな光だが、そこここに置かれているので、思ったより明るい。だが、それだけで見慣れた菜の花食堂の店内に、厳かな雰囲気が漂う。

「では、先に会費をいただきます」

私は杉本さんからお金を徴収する。それが終わるのを見計らったように、村田さんが染付のそばちょこに入れた飲み物を持って来る。村田さんと杉本さんは料理教室で旧知の間柄だが、場の雰囲気を壊してはいけないと思ったのだろうか、村田さんは初対面のようにそっけなく「どうぞ」と器を差し出す。杉本さんもそれを受けて、

「ありがとう」

と、真面目な顔で受け取る。そして、一口飲むと「甘い」とつぶやいた。

「飴湯でございます。お時間までしばらくございますので、ご歓談してお待ちください」

江戸らしい飲み物、ということで用意したものだ。水飴を湯に溶かして薄めたもので、生姜を少し効かせている。靖子先生によれば関西では冷やした飴湯は夏の風物詩ということだそうだが、東京ではあまり見かけない。春先だがまだ夜は寒いので、生姜入りの温かい飴湯で温まってもらおう、という演出だ。

「すみません、地域雑誌の『わをん』の編集部の者ですが、今日のイベントを記事にします。それで、お食事中のところをお写真撮らせていただくことになりますが、か

まわないでしょうか？」

待機していた清水さんが、杉本さんたちに断りを入れる。傍にはカメラマンもいる。

「ああ、私たちでよければかまいませんよ。どんどん撮ってください」

杉本さんが鷹揚に対応する。

そうこうしているうちに、次のお客さまが入ってきた。農家の保田さんとその奥さんだ。さらに息子さんだろうか、若い男性を連れている。保田さんはいつもの作業着ではなく、オックスフォードのシャツにツイードのジャケットと、少しおめかししている。扉を開けたところで、「うわ」と立ちすくんでいる。私はすぐにそちらへ向かう。

「いらっしゃいませ。お待ちしておりました」

「こんばんは。今日は楽しみにしてましたよ」

「すみません、あの件、ずっとほったらかしにしておいて」

保田さんの無人販売のお金の件のことは気になっていたけど、ここのところ、それどころではなかった。緊急性もないので、ついそのままにしていたのだ。

「ああ、あれは大丈夫だよ。後で説明するから」

保田さんはにこにこしている。解決したのだろうか。聞こうとした時に、次のお客さまが現れた。諦めて、私はそちらに向かった。

ランチタイムの菜の花食堂には、いつも音楽が流れている。耳を澄ませて、意識的に聴かないと聴こえないくらいの小さな音だ。クラシックの時もあれば、ジャズの時もある。だが、いまは無音だ。長唄や小唄を流すと『いかにも江戸風』を演出したようでしらじらしくなるので、音楽はやめようということになったのだ。灯りの演出と相まって、それは成功している。やわらかな光と隣り合わせの闇の色が、いっそう濃く感じられる。そして、その静寂を壊すまいと、お客さまも囁くような声で話している。

開始時間の七時には、お客さまが全員揃った。それで、私たちスタッフも、入口の傍に全員整列した。真ん中にいる靖子先生が口火を切る。

「今日は菜の花食堂の初めてのイベントに、ようこそお越しくださいました」

最初のご挨拶だけは先生がやってください、とお願いしたのだ。先生が着ているのは、蠟燭の灯りではほとんど無地に見える黒っぽい着物で、裾のところに桜の模様が織り込まれている。同じ大島紬ということだが、私とでは風格が全然違う。それは着物の違いというより、中身の差かもしれないが。

「菜の花食堂を始めたのは、私がまだ三十代の頃、いまではすっかりおばあちゃんになってしまいましたが」

ここで、保田さんが「そんなことない。若い、若い」と掛け声を掛ける。

「ありがとうございます。こんなに長いこと続けることができたのは、ひとえに皆さまの支えのおかげと感謝しております。ありがとうございます」

客席からぱちぱちと拍手が起こる。先生はそれに応えて頭をさげる。

「長年私ひとりで切り盛りしてきましたが、このたび和泉、館林という若いスタッフを迎え、この店も新しいステージを迎えることになりました。通常のランチタイムの営業に加え、カフェタイム、夜の営業も始めます。それを記念してささやかなイベントを開くことにいたしました」

先生はそこまで語ると、続けて、と言うように私に目で合図した。

「今回のテーマは江戸の料理。手に入る江戸東京野菜をなるべく使い、当時の人たちが食していたと思われる料理を私たちの手で再現してみました。どうぞ今宵は浮世を忘れ、遠い昔にこの地で暮らしていた人たちの生活に思いを馳せてみてください」

緊張したが、淀みなく話ができた。カメラマンがシャッターを切る音が響いている。

そうして先生やほかのスタッフは奥へと引っ込んだ。菜の花食堂のキッチンはいつもはカウンターの奥で、お客さまから見えるところで調理をしている。だが、蠟燭の灯りでは調理は難しいし、舞台裏を見せない方がいいだろう、ということで、調理は隣りの、瓶詰作りの工房で行っているのだ。

口取りの皿がしずしずと運ばれてきた。普段は使わない、有田焼のお皿に載せて供される。私もそれを受け取って、お客さまに運ぶ手伝いをする。それぞれの席に皿が行き渡ったところで、説明を始める。

「お手元のお皿、のらぼう菜の胡麻和《ごまあ》え、白豆を煮たもの、それに平貝の山椒焼きでございます。江戸時代は和食が完成した時期でもありますし、いま我々が食べているものと大きな違いはありません。もっとも、庶民の日常食はご飯に味噌汁、漬物だけ、といったメニューだったようです。ご飯の量だけは成人男性なら一日五合食べていたと言われますから、少ないおかずでたくさんご飯を食べていたということになりますね。ですが、ハレの日や料亭などでは、こうしていろいろなおかずも出されていたようです。現代で言う会席料理も、この時代に完成したと言われています」

何度も書き直したので、私は自分の台詞をすっかり覚えてしまっていた。

「のらぼう菜は、江戸東京野菜にも指定されている、この地域と埼玉の一部でのみ採れる野菜です。クセがないので、焼いても煮てもおいしく食べられますが、今日はシンプルに胡麻和えにしてみました」

のらぼう菜、と聞いて保田さんがにこっと笑う。この日ののらぼう菜も、保田さんのところから仕入れたものなのだ。

「それから、隣りは白豆。この時代はいまより豆もたくさん食されたようです。それから、平貝。肉を食べなかったこの時代、貝も貴重なタンパク源でした。浅利《あさり》や蜆《しじみ》を日常的に食していたので、それをお出ししたかったのですが、季節的に旬からはずれておりますので、今日は平貝を用意しました。焼いて香ばしさを出し、山椒で風味をつけています」

次に出したのは、かぶと飛竜頭《ひりょうず》の炊き合わせ、それから豆腐の田楽《でんがく》。

かぶは江戸東京野菜の金町《かなまち》こかぶを使っているし、飛竜頭は先生が豆腐を擂《す》ったり、丸めたりして自ら作ったものだ。しかし、その次に出された豆腐の田楽同様、変わった料理という訳ではない。いまでも日常料理として家庭でふつうに出されるようなメニューだ。江戸時代と現代とは地続きなんだな、と思う。それでも、吟味された食材で丁寧に作られ、一皿ずつ器に盛られて出されると、いつもとは違う味わいを感じるだろう。お客さまの目が、一皿ごとに輝きを増す。美味しいものを食べている、と実感している顔だ。これは靖子先生や香奈さんの料理の腕のおかげもあるが、十分に味わおう、という気持ちがもともと食べる側のお客さまの方にもあるからだ。

料理は作る人とそれを食べる人、それぞれの気持ちが重なって、おいしいという感情が生まれてくる。どちらかだけではダメなのだ。

その後は穴子と貝柱とアシタバのてんぷら。

さらに、千住一本ねぎを使ったねぎま鍋が一人用のコンロにひと鍋ずつ出される。おいしいものを食べている時、人は無口になる。味覚に集中したいからだ。今日は薄暗く、視覚が制限されている分、いっそう味覚が敏感になるのかもしれない。

音楽を鳴らさなくてよかった、と思う。この形になるまでは、和楽器奏者を呼んで演奏してもらおうか、というアイデアもあったのだ。だけど、ほんとうに料理を味わってもらおうと思ったら、音楽もいらない。

そして、〆のご飯は青大豆の炊き込みご飯。

この時代は文字通りご飯が主役だから、ご飯をたくさん食べられるように漬物や混ぜご飯の工夫がいろいろされていた。大根飯や炊き込みご飯など、嵩《かさ》を増やすための役割もあったのだろう。文献にはいろんな混ぜご飯が載っていた。

それに吸い物はいちご汁を添える。いちごは果物のことではなく、エビを擂って丸めたものを苺に見立てたものである。小松菜の青との色合わせが美しい。

ここまで来ると、「おなかいっぱい」とみんな満足そうだ。そこに、お茶とデザート代わりの甘味をひと口、お出しする。

「こちらは、かちぐりと黒豆の煮物になります。かちぐりは栗を保存しておくために、干して固くしたものです。栗はこの辺り一帯ではよく採れたといいますので、それにちなんで用意してみました。当時の栗はいまほど大振りではなく、甘みも少なかったので、かちぐりにして保存食として用いられることが多かったようです。それをやわらかく煮て戻し、黒豆の甘煮とあわせました。どうぞ、ゆっくり味わってください」

私の説明に、ほおっという溜息がお客さまから漏れる。先生はかちぐりから自力で作られた。だから、見た目よりもずっと手間が掛かっているのだ。お客さまたちは舌の上で大事そうに甘味を転がしている。楽しい宴が終わるのを惜しむように、お客さまたちは最後のひとさじまで味わっていた。

イベントは大成功だった。帰り際、スタッフが並んでお客さまをお見送りしたが、みなさん「おいしかった」と口々に言ってくださる。それぞれ感想を述べて、名残惜しそうに食堂を後にする。取材をしていた清水さんも、「いい写真が撮れました」と満足げに帰って行った。最後に残ったお客さまは、農家の保田さんたちだった。

「いやー、おいしかったですよ。うちでものらぼう菜のお浸しなんてしょっちゅう作るんだけど、どうしてかな、ここのは味が違う」

「ほんとにねえ、今度コツを教えてくださいね」

保田さんの奥さんは小柄で人が好さそうだ。温かい雰囲気は保田さんと同質のものだ。

「それから、靖子さんにお礼を言いたくてね。例の件、解決したので」

「やはり、アパートの方の仕業でしたか？」

先生が問い掛ける。

「そうです。こちら、うちのアパートの唯一の独身の川島悟朗《かわしまごろう》くん。彼が犯人だったんですよ」

「犯人ってねえ。なんか極悪人みたいですね」

川島と呼ばれた男性は照れ臭そうに笑う。二十代後半くらいで、小柄で人懐っこそうな目が印象的だ。

「でも、よく僕だとわかりましたね」

「じゃあ、保田さんに聞かれて、あなたが白状したんですね」

先生が保田さんにアドバイスしたのは、アパートの独身の人に『野菜、余ってるの？』と尋ねなさい、ということだった。どういう意味なのか、私にはわからなかったが、先生には犯人（と言ってしまうとかわいそうな気もするが）も、その理由もわかっていたようだ。

「まさか野菜の処理に困って、無人販売所に置いていたとは思わなかった。どうりで計算があわないはずだ」

「どういうことですか?」

保田さんの説明を聞いても、私にはまだよくわからない。

「川島くんは独り者でね、忙しくて料理なんてする暇ないのに、田舎の親からどっさり野菜が送られてくるんだそうですよ」

「その昔、おやじが東京で会社員をやってたことがあって、給料日前になるとお金がなくて食べ物に困ったって言ってたんです。母がそれを真に受けて、給料日前に家で作ってる野菜をたくさん送ってくるんですよ。うちはそんなに給料悪くないから大丈夫だ、と言っても、聞かなくってね」

川島さんは照れ臭そうに説明する。

「まあ、親心だね。野菜をたくさん食べてほしいって思ってるんじゃない?」

「それはわかるんですけど、うちの編集部は毎月三十日が校了なんで、月のいちばん忙しい時期に送ってくるわけですよ。料理する暇はない、会社に泊まり込む日もあるんだから、といくら言っても、全然聞いてくれなくて」

「それで？」

まだ私には話が見えない。

「それで、野菜の処分に困っていたところ、目の前に野菜の無人スタンドがあるのに気づいたってわけだ」

保田さんの説明に、ようやく私も理解した。

「つまり、この人がご実家から送られてきた野菜を売り物といっしょに並べておいた、ってことですか」

なるほど、それならお金が多くなっているはずだ。

そのとおり、というように、保田さんが大きくうなずいた。

「川島くんは、出掛けるついでに少しずつ置いていったんだね。俺も朝、野菜を並べるとたいていは夕方までほったらかしだから、品物が増えていても気づかなかったんだなあ」

「先生はそれがわかっていたんですね」

香奈さんが先生に尋ねる。

「ええ、まあ。無人スタンドの売り上げが増えているってことは、品物が増えているってことでしょう？」

確かに先生の言うとおりだが、あたりまえすぎて逆になかなか思いつかない。

「でも、どうして川島さんだって、わかったんですか？」

「あ、それは僕も教えてほしいです」

私の言葉に、川島さん自身も同調した。

「ただでもいいから野菜を手放したいってどういう人かな、と思ったんです。お金に困っていない、忙しくて野菜を調理する時間がない、ということだろう。独身なのに世帯向けのアパートに住んでいる出版社の人、実家は茨城の田舎の方ということで、その人は条件にぴったりだと思ったんです」

「なるほどねえ」

先生の言葉をみんな一様に感心して聞いている。

「おまけに、そういうことが起こり始めて半年も経っていないというのだから、新しい住人である可能性が高いと思ったんです」

「でも、なぜアパートの人だと思ったんですか？」

私はそこが知りたかった。アパートの住人以外にも、同じような条件の人もいるはずなのに、なぜそこに絞ったのだろう。

「アパートの人は野菜スタンドを八百屋代わりに使っているというから、そこでごそごそ作業していても怪しまれないだろうということ。それに、いらない野菜の売り上げとはいえ、どうせ誰かにあげるなら、自分がよく知った人の利益になるように、って思うでしょう。だから、保田さんの身近にいる人の仕業だろうと思ったんです」

先生の言葉を聞いて、川島さんが降参、と言うように両手を上げた。

「まいりましたね。そのとおりです。保田さんがいつもよくしてくれて、いまのアパート生活はとても快適なんです。親が一生懸命作ってくれた野菜ですから、こういう形で恩返しできればいいだろう、と思ったんですよ」

「その気持ちは嬉しいね。ありがとう。だけど、親御さんはあんたのために送ってくれるんだから、その想いを無駄にしちゃいけないよ。ちゃんと自分で食べないと」

保田さんが自分の子どもに言い聞かせるように温かい言葉を掛ける。

「でもねえ。ほんと、忙しいんですよ。自分じゃそんな時間がなくて」

「彼女とかに頼めないの？」

「忙しすぎて振られました。ほんと、お金を払っても誰かに作ってもらいたい」

「なるほどねえ。家事代行サービスにでも頼んでみるかね。この地域でも労働意欲のある老人が、バイト代わりにそういうことやってるし」

「だったら、私がやりましょうか？」

私の発したひとことに、みんなの視線が一斉にこちらに集まる。

思わず口走った言葉の大胆さに、私も自分で驚いた。

「あの、もし川島さんが本気なら、ですけど」

小声でそう付け足す。冗談かもしれないのに、こんなことを言ってしまった自分が恥ずかしい。

「この方は、こちらのお店の人ですか？」

川島さんとは初対面なのだ。なんて大胆なことを口にしてしまったのだろう。

「はい、そうです。ね？」

香奈さんに促されて、私はうなずいた。そうだ、自己紹介もまだだったのだ。

「館林優希と申します。すみません、差し出がましいことを言ったりして。いまはまだほかの会社に勤めていて、兼業で食堂を手伝っているんです。でも、今月いっぱいでそちらを辞めて、こちらの仕事に専念しようと思うんです。ただ、それだけでは食べていけないので、ほかのアルバイトも探しているんです。なので、つい調子に乗って勝手なことを言いました。申し訳ありません」

私は深く頭を下げた。

「あの、私たちでこの菜の花食堂をもっと盛り上げようと思ってるんです。今回のイベントがその最初の仕事なんですけど、こういうことを増やしていこうと思っています。優希さんもいままでの仕事とは掛け持ちできなくて、それで……」

香奈さんがフォローしてくれる。だけど、そんなことを説明しても無礼の言い訳にはならないんじゃないだろうか、と私は思ったが、川島さんの答えは意外なものだった。

「そうなんだ。すごいね、やりたいことをやるために、会社辞めちゃうなんて」

川島さんは私の無礼に怒るどころか、感心しているようだった。

「え、ええ。自分でも無謀だと思うんですけど」

「いいな。じゃあ、その夢に僕も協力するよ。ダンボールひと箱分の野菜を調理してもらう、という仕事をあなたに依頼します」

「え、いいんですか?」

「金額はこれくらいでいいかな」

川島さんの告げた金額に、私はびっくりした。

「それ、多すぎないですか?」

「そんなことないよ。一回外食すれば千円二千円すぐ飛んでいくし、飲みに行けばその何倍も掛かる。送られてきた野菜でちゃんとした食事が何日かできるなら、そっちの方が安くつくよ。それに、メニューを考えてもらったり、足りないものを買い足したりするから、結構手間が掛かるんじゃないかと思うんです」

「ありがとうございます。それでよければ、私、頑張ります」

「いいね。これで川島さんの野菜問題も解決するし、優希さんの生活費の助けにもなる。こんなすばらしいことはない」

保田さんが満足そうに言う。

「ここの料理、ほんと美味しかったです。館林さんがここのスタッフなら、こちらの味付けに近いものが作れるでしょうから、僕も期待してるんです」

川島さんがにこにこして言う。

「そう言われるとプレッシャーですね。私で大丈夫でしょうか？」

「大丈夫よ、優希さんなら。ここのところ毎日料理して、めきめき腕を上げているのを知ってますから」

菜の花食堂で働こうと決めてから、ホールの仕事だけでなく、何かの時に先生たちの手助けができるように、と毎日家で料理の特訓をしている。話してはいなかったのに、先生はお見通しだったようだ。

「でも、先生の味のようにはなかなか……」

「わからないことがあれば、教えてあげますよ」

先生の目が笑っている。だが、先生に近い味はできても、先生のようには作れないのは事実なのだ。それでもいいのだろうか。

「まあ、試しにやってみましょうよ。実は、先月親から送られてきたじゃがいもがたくさん残ってるんです。こうなったら無人販売所に置くわけにいかないし、どうしようか、と思っていたところなんです」

川島さんがそう言ってくれたので、私も覚悟を決めた。

「わかりました。ご期待に添えるよう頑張ります。よろしくお願いします」

それを聞いて、保田さんの奥さんがぱちぱちと拍手をした。つられて、みんなも拍手をする。私と川島さんは拍手の環《わ》に取り囲まれた。

料理を作ることを引き受けただけなのに、なんだか婚約発表か何かのようだ。照れ臭くなって、私は思わず下を向いた。

金柑はひそやかに香る

雨の音が聞こえている。窓越しに、やさしい雨がさらさらと庭の柊《ひいらぎ》に降り注いでいるのが見える。冬の終わりの、春を告げる雨だ。

「今日は人の入りが悪いかもしれませんね」

香奈さんが残念そうに言う。菜の花食堂は住宅街の中にあり、それほど便利な場所ではない。雨の日にはお客の数も減ってしまう。

「今日のランチはロールキャベツなのにねえ」

トマトソースでじっくり煮込んだロールキャベツは、菜の花食堂の人気メニューだ。いつも早々に売り切れてしまう。いまも、トマトと肉と香辛料の混じった匂いがキッチンから漂ってきている。午後まで体力が持つようしっかり朝食をとったのに、匂いに刺激されてもう食べたい気持ちになっている。まだ十一時になったばかり、ランチタイムが始まってもいないのに。

「まあ、商売だからそういう時もあるわ。でも、せっかく優希さんが手伝いにきてくださってるのに、暇になってしまうかもしれないわね」

私は、今月いっぱいでいまの会社を辞めることが決まっている。だから休みの日は朝からこうしてお店を手伝いに来ているのだ。

「時間が余るようでしたら、瓶詰のラベル貼りでもやりますよ」

そんな話をしていると、ドアに取り付けたカウベルがからん、からんと音を立てた。

「もう開いてる？」

と、入ってきたのは農家の保田俊之さんだ。

「いらっしゃいませ。大丈夫ですよ」

そう先生が言うと、保田さんはカウンターにどっかり腰をおろした。野菜の配達の日ではないので、きっと先生と話がしたいのだろう。

「この匂いはロールキャベツかな」

保田さんは嬉しそうだ。保田さんはお店の常連でもあるから、ロールキャベツを何度も食べたことがあるはずだ。

「あ、これ、お土産」

そう言って、保田さんはスーパーのビニール袋を先生に手渡した。白いビニール袋なので外からは中身が見えないが、微かに柑橘系の匂いが漂う。

「何かしら？」

「その匂い、金柑《きんかん》ですね」

私が言うと、保田さんは、

「正解。よくわかったね。これ、売り物というより、うちでシロップを作るために一本だけ育てているんだ。かみさんが、風邪には金柑のシロップがいちばん、って信じ込んでいるんでね」

「あら嬉しいわ。いつもありがとう。さっそく金柑茶にしてみようかしら」

先生はビニールから金柑を出して、笊《ざる》にあけた。金柑の匂いがロールキャベツの匂いとまじりあう。それでも、嫌な感じにならないのは、金柑が自然の産物だからだろうか。これが、香水とか芳香剤とか、人工の香りだと嫌な匂いになってしまうのだが。

「今日は、坂下に何か御用ですか？」

お茶とおしぼりを保田さんの前に置きながら、尋ねてみる。

保田さんは、市内のあちこちに土地を持っているが、自宅と農地の大部分は坂上の方にある。

「今日はこの近くにあるうちの物件を見に来たんだ。ずっと借り手がいなくて空き家になってるので、雨漏りしてないか、気になってね」

「近くって、どの辺りですか？」

「ほんとにすぐなんだよ。この先の、神社のすぐ前の平屋の家」

「ああ、あそこ、保田さんの持ち家だったんですか」

そこは文化住宅、というんだろうか。木造平屋の古い家だ。茶色のペンキで壁が塗られている。昔はこの辺りにもそういう家が多かったのだろうか。新建材の住宅が建ち並ぶ中、ぽつぽつとそういう家が残っている。

「ここ、駅から少し離れているだろう？　狭いし、設備も古いから、もうずっと借り手がいなくてねえ」

「そこ、家賃はおいくらなんですか？」

「あれ、優希さん、家を探しているの？」

「え、ええ。会社を辞めるので、いまより安い家賃になるといいな、と思ってるんです。それに」

「それに？」

「いまのアパート、最近ちょっと環境が悪くなっていて」

「って、どういうこと？」

「臭いがするんです。ツンと鼻をつく悪臭が。廊下を通るたびにそれが気になって……」

廊下の臭いぐらいで文句を言うなんて、気にし過ぎだと思われないかな。そんなことを思いながら、私はおそるおそる説明した。

「廊下に何かあるの？」

先生が私に質問をする。

「臭いの元は廊下じゃないんです。隣りの部屋の換気扇がいつも回っていて、そこから漂ってくるんです」

「隣りの家が発生源ってこと？」

「ええ、半年前に引っ越してきて、それ以来、ずっと。私、臭いには敏感なので、気にし過ぎるのかもしれませんけど」

最初は外で何か撒いたのか、と思った。農薬か何かの臭いだと思ったのだ。すぐに消えるだろうと思ったが、いつまで経っても臭いは消えない。よくよく確かめたら、隣りの換気扇から漂ってくるのだとわかった。気づいてからは、その前を通るのが不愉快になった。息を止めて、臭いが自分の中に入りこまないように、と気をつける。

臭いというのは、視覚や聴覚から受け取るものよりも、ダイレクトに自分に影響すると思う。そういう意味では味覚に匹敵する。しかし、味覚は嫌なら食べないという選択ができるが、臭いはそういかない。ふいに悪臭に包まれると、避けようがない。

それだけに不快さが募る。

「隣りって、どんな人なの？」

「会ったのは一度だけ。私が飲み会に出掛けて夜遅く帰ってきた時、ちょうど隣りの人が部屋から出てくるところだったんですけど、私がいることに気づくと、すぐに引っ込んでしまいました。だから、ちらっとしか顔が見えなかったんですけど、中年の男の人のようでした」

「それは何時くらい？」

「十二時を少し回ったくらいの時間です。隣りの人はいつもそれくらいの時間にアパートに帰って来るみたいです。ドアを開け閉めする音が聞こえますから」

「昼間はいないの？」

「私も、いつも隣りを見張っているわけじゃないんですけど、昼間は物音がしないです。通路に面した窓も一日中カーテンが閉まったまま」

「じゃあ、夜型の生活なのかしら」

「そうだと思います。私が会社に行く頃は、まだ寝ているんだろうと思います」

　それだけなら、まだいい。夜型の仕事をしているのかな、と思うだけだ。でも、それ以上に気になることがあった。

「ちょっとヘンだな、と思うのは、隣りの人、いつも南側の雨戸を閉め切ってるんです。おそらく引っ越してきてから一度も開けたことがない。それって、ちょっと不気味でしょう。私なんて、雨戸は台風の時にしか使ったことがないのに」

私のアパートは北と南に窓がある。北は住人共用の外廊下に面しており、南は庭に面していて、雨戸も設置されている。だが、ふだん雨戸を使う住人はほとんどいない。

「そりゃ、確かにヘンだね。気をつけた方がいいよ。最近物騒な事件があったばかりだから」

「物騒な事件？」

「ほら、隣りの市の大学生が小学生の女の子を誘拐してアパートに連れ込み、殺しちゃったっていうの。あれも、異臭がするっていうんで、近所の人が騒いだんで発覚したんでしょ」

つい最近、テレビのワイドショーを賑わせていた事件だった。テレビに映った事件の現場が、いま住んでいる自分のアパートにそっくりだったので、ぞっとしたのだ。

よくある木造モルタルの二階建てアパート。壁が煉瓦風だったり、出窓があったり、ちょっとしゃれて見えるように作られているが、間取りは狭いし、壁も薄い。監禁だの殺人だの重い犯罪を包み隠し続けるには、あまりにももろく、頼りない作りだ。窓やドアの細い隙間から、薄い壁から、罪の匂いや音が漏れ出てしまうだろう。

私が引っ越しを真面目に検討した方がいい、と思ったのは、この報道を見たからかもしれない。

「おかしなことがあるなら、大家に相談してみたら？　異臭がするというのは、大家にとっても検討すべき案件だと思うけど」

保田さんは言う。きっと保田さんだったら、そういう店子の問題もちゃんと解決してくれるだろう。

「大家さんは地元ではなく世田谷の方に住んでいるので、管理は別のところに委託しているんです。そちらの方には連絡したんですけど『むやみに中に立ち入ることはできないから』って言って、注意勧告の手紙をお隣りのポストに入れただけ。後は何もしてくれませんでした」

管理会社の対応は素っ気なかった。臭いにしても、自分の部屋にいる分には大丈夫なのだから、気にし過ぎではないか、と言われたのだ。

「ああ、そりゃ困るね。管理会社はそこまで親身になってくれないからね」

「それに、うちは原則単身者じゃないと入居できない規則なんですけど、お隣り、もしかしたらふたりで住んでいるのかな、と思うこともあるんです。夜中にぼそぼそしゃべっている声が聞こえてくるし」

「友だちが遊びに来てるとかじゃなくて？」

先生が小首をかしげている。

「そうかもしれないし……電話とかスカイプとか、あるいはゲームのチャットでしゃべってるだけかもしれないんですけど、時々喧嘩しているような大声が聞こえるし、バタバタ音も立てているんです。それが、夜中の一時とか二時に聞こえてくるのでいい気持ちがしなくって」

「それ、やっぱり引っ越した方がいいわ。もしかしたら、おかしな人かもしれないじゃない」

話に割って入ってきたのは香奈さんだった。香奈さんは私のことを案じるように、手をぎゅっと握りしめている。

「ともかく、その異臭っていうのが気になるわね。それ、どんな臭いなの？」

先生に聞かれても、私はうまく説明できない。

「なんというか、ツンと来るような……最初は農薬か何かかと思ったんですけど、それならすぐ消えるはずですし」

「ペットを飼っていて不潔にしていると、臭いがしたりするけど、そういう臭いではないのかしら?」

「どうでしょうか。犬とか猫の鳴き声はしないです。そういえば、鳩の鳴き声のようなものも聞こえたことがあるんですが……鳩でそんなに部屋が汚れるでしょうか?」

「そうねえ。小動物でも、掃除をせずにほうっておけば汚くなるでしょうけど。でも、最初から臭かったのよね?」

「ええ。そうです。だんだん汚くなったという感じではないです」

犬とか猫の臭さ、というのとも違う気がした。それに、外に臭いが漏れるほど臭くなるとしたら、よほど不潔な状態を続けていることになる。

「死体の臭いじゃないですよね」

香奈さんが怖いことを言う。乳児の遺体を押し入れに隠していた、なんて事件もつい最近発覚していた。

「うーん、死体の臭いって言われても、どんなのかわからないし」

死体を隠しているとしたら、どんな臭いになるのだろう。冷蔵庫でダメになってしまった豚肉の臭いを、もっと強くしたような感じなのだろうか。

「血の臭いとかじゃないのね」

香奈さんが怖々尋ねる。

「うん、そうじゃないと思う。血の臭いだったら、さすがにヤバイので通報します」

血の臭いならわかる。鉄錆のような感じだ。だけど、隣りから漂ってくるのは、そういうものとはちょっと違う気がした。

「どっちにしても、何か部屋にあるってことね。まだ引っ越してきて半年というなら、そんなにゴミも溜まっていないはずだし」

「いや、そうでもないよ」

先生の言葉に、保田さんが反論する。

「うちも一度そういう店子がいたんだ。引っ越してきてすぐに家賃を滞納して、いくら言っても聞いてくれない。警察呼んだりいろいろあって、ようやく出て行ってもらうことになったんだが、引っ越しの時に家の中を見てびっくりしたよ。半年経っていないのに、どうしてこんなにゴミが溜まるんだ、っていうくらい汚くて。ゴミの間からゴキブリがちょろちょろ覗いているし。汚すやつは汚すんだよ」

保田さんは、怒りを思い出したように、怖い顔をしている。

「とにかく、なんの異臭なのか、確かめられるといいんですけど」

臭いが嫌なだけではない。それが何の臭いかわからないのが不安なのだ。もし、原因を突き止めたら、臭いもいまほど耐え難いものではなくなるかもしれない。

何かの事件の現場だとしたらと、想像するだけでも恐ろしい。

「やめた方がいいんじゃない？　ただだらしない人ならいいけど、世の中にはほんとうに悪い人もいるし。監禁とか死体遺棄とかするような人だとしたら、優希さんまで危ない目にあうかもしれない」

香奈さんだけでなく、保田さんも言う。

「賃貸なら無理してそこに居続ける必要はないかもしれないね。原因がなんであれ、臭いが消えないなら、不快なのは間違いないし」

「私もそう思うんですけど、引っ越しとなるとお金が掛かるし、迷っているんです。……会社辞めるので、節約はしたいところだから」

「ねえ、保田さん。保田さんの持ってる物件で、安くてよいところはありませんか？　優希さんが安心して住めるような家」

「うーん。優希さんが借りてくれるなら嬉しいけど、いい物件は既に借り手がついているんだよね」

「さっき言ってた、神社の前の物件はどうなんですか？　何年も人が住んでないんでしょう。だったら、安く優希さんに貸してあげればいいのに」

「そうは言っても、あの家はぼろぼろだよ。住めるようにするには、いろいろ手を入れなきゃいけないし、あんまり女の子のひとり暮らしには薦めたくないなあ」

「でも、このままほったらかしにしておくよりは、タダ同然でも人に貸した方がいいでしょう？　ほうっておけば、家は傷むだけだし」

「それはそうだけどねえ。貸すとなるといろいろ大変なんだよ」

保田さんが困ったように頭を掻く。

「窓もサッシじゃなくて木製だし、壁も傷んでるし、人がちゃんと住めるようにするには、いろいろと手を加えないとねえ」

「ともかく、どんなところか、ダメ元で一度見せてもらえませんか？　部屋を見るのは面白そうだから」

私も保田さんに頼んでみる。冷やかし半分だけど、もしそれでいまより安く借りられるなら、いいかもしれない。隣りの悪臭は自分では変えられないし、そういうことにいつまでもうじうじ頭を悩ませているより、新しいところに踏み出した方がいい。職場も変わることだし、住み処を変えるのも悪くないだろう。

「そうだねえ。まあ、見たら、住む気はなくなると思うけど」

保田さんはそう言いながらも、次のお休みの日に、私たちをその家に連れて行ってくれると約束してくれた。

「ところで、悟朗ちゃんの件は大丈夫？」

悟朗と言われてとっさに誰のことかわからなかったが、保田さんの店子で、私のアルバイトの雇い主である川島さんの名前だと気がついた。私は川島さんの実家から送られてきた野菜を調理するバイトを始めたばかりだった。

「はい。先日、じゃがいも料理を作ってお渡ししました」

「何作ったの？」

「じゃがいものグラタン、ヴィシソワーズ、コロッケ、それにポテトサラダ。それで全部使い切りました」

「ほお、そりゃいいね。悟朗ちゃんも気に入ってくれたかな」

「ええ、ちょっと不安だったんですけど、大丈夫だったみたいです」

川島さんは二日後、「完食しました。全部おいしかったです」と、メールをくれた。料理を気に入ってくれたこと、それを伝える心遣いがとても嬉しかった。

「それで、次回からはすべての野菜をおまかせします、と言っていただけました」

じゃがいもはテストだったのだ。私はそれに合格した、ということらしい。

「悟朗ちゃんも、バイトじゃなくて料理してくれる彼女がいるといいんだけどね」

「あら、彼女だって、ダンボールいっぱいの野菜なんて料理したくありませんよ。仕事だからやるんです。優希さんに頼んで正解ですよ」

香奈さんがそう私を擁護してくれた。そうかもしれない。今回はじゃがいもが二袋分くらいだったから、そんなに大変ではなかったが、ダンボールひと箱分となると、どれくらいの手間が掛かるかわからない。川島さんとも、最終的には掛かった時間でバイト代を決めよう、ということになっている。

「そりゃそうだ。彼女だからといって、ちゃんと料理ができるとは限らないもんな」

「むしろ川島さんが自分で料理ができるようになるといいんじゃないでしょうか。うちの料理教室にいらっしゃればいいのに」

香奈さんの言葉に、私は慌てて反論する。

「あら、そうしたら、私の方がバイトが無くなってしまう。川島さん、当分は料理できないでいてくれた方がありがたいわ」

それを聞いたみんなが笑った。和やかな空気に、隣人について抱えるストレスが流されていくようだった。

その日、私と香奈さんは、保田さんに案内されて、神社近くの文化住宅を見にいった。

心やさしい香奈さんは、私の隣りの部屋の件を自分のことのように心配してくれて、いっしょについてきてくれることになったのだ。

「ぼろいんで、びっくりしたでしょう。あ、これ使って」

保田さんが持っていたスリッパを私と香奈さんに渡してくれた。

案内された家は、平屋の2K、と言ったらいいのだろうか。四畳半に六畳の和室。そして、三畳ほどの板の間の台所。昭和の古い日本映画に出てくるような間取りの家だ。古めかしいが、意外と中はきれいだった。畳は日焼けしているが、ささくれてはいないし、襖も障子も古びているが破れてはいない。台所も油の染みなどなく、さっぱりしていた。人の住んでいない住居特有の埃っぽいような臭いがしているが、それは住み始めれば解消されるだろう。

「わりときれいですね」

「三年前まで借りてた人は、ここを物置代わりに使っていたんだよ。出て行った後、何も手を入れてないけど、まあまあな状態だね」

台所に隣接した四畳半は、かつてはきっと居間として使われていたのだろう。六畳の方は寝室や子供部屋だったのだろうか。

私は奥の方に行き、柱を見た。私の胸の辺りの高さに、微かに鉛筆の線が何本か引かれている。その昔ここに住んだ子どもがつけた、背比べの跡だろうか。

押し入れの襖にも、クレヨンの跡が見える。かつてここで生活していた人がいる。この家は、その記憶を残している。

「人にまた貸すとなったら、今度はサッシの窓にしなきゃいけないだろうし、水道管やガス管も点検して、場合によっては交換も必要だし、シロアリの検査もしなきゃなあ。そこまでして貸すべきか、それより建て替えした方がいいか、悩んでいるところなんだ」

保田さんは言う。

「でも、見える部分の柱はしっかりしてますよね。床も、板の間の部分も全然傷んでいませんよ」

私は気がついたことを言う。

「それに、この磨《す》り硝子や台所の電灯もレトロでとても素敵ですね」

磨り硝子なんて、もう何年も見たことがなかった。それに、台所のペンダントライトのシェードはガラス製で、端のところが波打って花をさかさまにしたように見える。

「ああ、だけど、住むならサッシの方が暖かさが違うし、電灯もＬＥＤのやつにした方が明るいし、節約にもなるよ」

現実的にはそうだろう、と思う。いまもドアを閉めているのに、どことなく隙間風が入ってきているような感じがする。平成の便利と快適に慣れてしまった自分が、情緒があるというだけで昭和の不便な建物に住めるとは思わない。

「わ、トイレが和式ですね」

香奈さんがびっくりしたように言う。私も香奈さんの後ろから覗き込んだ。和式の便器に、床面や壁の下の方は緑や紫や紺色の丸いタイルを組み合わせて貼ってある。意外ときれいさを保っていたし、タイルも情緒があったが、アンモニアの臭いがこびりついている。

「そうなんだよ。水回りは総取っ替えしないとなあ。トイレもそうだけど、風呂場も直さなきゃ」

風呂場も覗いてみた。昔懐かしい、ガスの種火が外から見えるタイプの風呂だ。壁と床は水色の四角いタイルが貼られている。トイレ同様、職人さんがひとつずつ手作業で貼っていったものだろう。タイルには、湯の跡の茶色い染みがこびりついていた。何十年もかけて作られたこの染みは、掃除をしても取れないだろう。

「知り合いに、これと同じような文化住宅に自分で手を入れて住んでいる人もいますよ。最近では、そういうのも流行《はや》っているみたいですね」

香奈さんは言う。香奈さんは、家の古さにもめげていないみたいだった。

「ああ、確かに。前にもね、美術関係の若い人たちから、自分らでできる部分は直すから貸してくれっていう申し出もあったんだけどね。基礎工事のやり直しとか、ガス管や水道管などの直しは、結局うちがもたなきゃいけないからねえ」

「断ったんですね」

「うん、もっとも断った一番の理由は、その人たちがどういう団体かよくわからなくて、気に入らなかったからなんだけど。美術関係と言ってはいたけど、宗教団体とかだと困るしね。そういう人を一度入れたら、なかなか出て行かないし」

「でも、優希さんならそんな心配はいらないですね」

「ああ、もちろんだよ。優希さんが来てくれるというなら大歓迎だ。だけど、こんな古い家に手を入れてまで住みたいかな」

保田さんが顔色をうかがうように、横目で私を見た。

私は正直迷っていた。こうした文化住宅を改装して、カフェにしたり、地域の人が集まるサロンのようにした家も知っている。ここは神社も近いし、そういう場所にするなら素敵だが、私自身はここをそういう場所にするつもりはあるのだろうか？　ただ帰って寝たり、プライベートの時間を過ごすだけなら、いままでのアパートのように、ふつうのところの方がいいと思う。

「もし、優希さんが住んでもいいというんなら、敷金礼金はいらないし、いま住んでいるところより家賃はお安くできるけど、やっぱりふつうのアパートの方がいいよねえ」

「そうですねえ。いままでより部屋は広くなるし、お庭があるから、ゆったりして暮らせると思うんですけど、ひとりではもったいないかもしれませんね」

　私が言うと、香奈さんも同意する。

「そうね。何かここでイベントをやるとかお店をやるんなら、いいかもしれないけど。私たちには菜の花食堂があるしね」

「そう言うんじゃないか、と思ったよ。でもまあ、もし知り合いの人でこういう物件を探している人がいたら、声掛けてくれないかな。こういう物件を面白がって借りてくれるのはむしろ若い人だと思うし、誰かの紹介の方が信用できるから」

　そんなわけで、話はそれで立ち消えになった。入口のところで保田さんと別れて、香奈さんは私の家に来ることになった。今日は食堂もお休みなので、うちでお茶をしようというのだ。

「誰かが家に来るなんて、久しぶり。妙に緊張しちゃうわ」

香奈さんがうちに来るのは初めてだった。それどころか、友だちを家に呼ぶのは学生時代以来だ。会社勤めを始めてからは、友だちと会う時はもっぱら外だった。ここ二年ほど彼氏もいないから、家に人を呼ぶような機会はなかった。

「そう言えば、私も友だちとは外で会ってばかり。家を行き来するって、おとなになったら、なかなかやらないものね」

そんな話をしながら、アパートの階段を上る。建物の端にある鉄の階段を上ると廊下があり、五軒ほど部屋が並んでいる。私の部屋は、その一番奥になる。

隣りの部屋のドアの前に来た辺りで、いつもより強い臭いがした。

ああ、これが、というように香奈さんが私の顔を見た。そのまま部屋の前を通り過ぎようとすると、昼間なのに珍しく廊下に面した窓が五センチほど開いていることに気がついた。先を歩いていた香奈さんが、その前で立ち止まった。振り向いた顔がこわばっている。無言で私の袖を引っ張り、窓の中を指差した。

そこには、鉄格子のようなものが見えていた。

「あー、怖かった。見つからなくてよかった」

鉄格子を見たとたん、私と香奈さんは同時に回れ右して、アパートの廊下を走り出した。廊下の床も鉄製だから、かんかんうるさかったかもしれない。誰かが追いかけてこないか心配で、振り向くこともできなかった。

「まあまあ、ふたりとも、そんなにあわててどうしたの？」

靖子先生はそう言いながら中へと導いてくれた。私と香奈さんが向かったのは菜の花食堂。打ち合わせしなくても、同時に先生を頼ろうと思ったのだ。

部屋に入ると、さきほど別れたばかりの保田さんがいた。

「おや、君たちもここに来たのかい？」

保田さんは私たちと別れた後、先生に会いにここに来たのだ。保田さんと先生はティータイムの最中だった。

「あなた方もこれでいいかしら」

先生は息を切らせている私たちに温かいお茶を淹《い》れてくれた。甘い香りの金柑茶だ。先日保田さんが持ってきてくれた金柑で作ったのだろう。私たちはまだ息切れをして、言葉を発することができなかったが、その豊かな香りに包まれているうちにだんだん落ち着いてきた。

「さあ、何があったか話してちょうだい」

「あの、私たち、見ちゃったんです」

香奈さんの言葉を聞いて、先生の眉がぴくりと動いた。

「隣りの人、部屋の窓に鉄格子つけてました」

香奈さんが震える声で続ける。

「鉄格子？」

「そんなもの、ふつうのアパートなのにどうしているんですか？　もう、怖くて家にいられません」

私もそう続ける。

鉄格子を見るまでは、私も冷静でいられた。臭いの元がわからないし、雨戸がいつも閉まっているのも不気味だけど、隣人にあまり関わらないというのは都会生活でのルールだ。もしかしたら、目が弱くて光を避けているのかもしれないし、掃除が嫌いなだけなのかもしれない。

だけど、鉄格子の生々しさに、思わず血の気が引いた。

わざわざこれを取り付けるなんて、どういう意図があるのだろう。

なんでこんなものが必要なんだろう。

私は隣りの市の、女児監禁殺人事件のことを思い出していた。事件は決して遠いところで起こったわけではない。静かな住宅街でも、恐ろしい事件のタネは蒔かれているのだ。

「鉄格子って、ふつうの賃貸アパートだろ？　そりゃ、穏やかじゃないね。やっぱり誰かを閉じ込めているんじゃないか？」

保田さんも眉を顰《ひそ》める。

「誰かを閉じ込めてるねえ」

先生は考え込んでいる。

「やっぱり、優希さん、引っ越した方がいいわ。いつ事件に巻き込まれるかわからないもの」

香奈さんの忠告を聞いて、私も大きくうなずく。

「そうね。このままあそこに住み続けるのはちょっと怖い」

先生はキッチンからポットを持って来て、私と香奈さんに金柑茶のお代わりを勧めた。

「甘いものは気持ちを落ち着かせてくれるわ。まずは冷静になりましょう」

喉は渇いていなかったが、先生に勧められたので二杯目のお茶を口にした。蜂蜜のやわらかい甘さと金柑のさわやかな酸味がふわっと口の中いっぱいに広がり、甘い芳香が鼻の方に抜けていく。

こういう時でも、おいしいものはおいしいって感じるんだな、と私は思う。びくびくしていても、緊張していても、先生の金柑茶は温かくておいしい。香奈さんも同じ思いなのか、気の抜けたような顔で金柑茶をすすっている。

「ともかく、一度ちゃんと確かめないといけないわね。確かに怪しいところもたくさんあるけど、監禁とか殺人まで疑うのは穏やかじゃないわ。それに、もしほんとに誰かが閉じ込められているとしたら、なんとかしなきゃいけないし」

先生の言うとおりだ。誰かが助けを求めているのかもしれないのだ。やみくもに怖がっている場合ではない。

「でも、どうやって確かめたらいいんでしょう」

「そうね。隣りの人、今日はいるのね」

「はい。昼間にいるのは珍しいです。窓が開いているのも、初めて見ました。いつもは夜に出入りしているみたいなんですけど」

「中を見なかったの？」

「いいえ、鉄格子にびっくりしてしまって……」

「もしまだ開いていたら、そこから覗くことができるわね」

先生は自分に言い聞かせるように、何度もうなずく。

「開いてなかったら？」

「そうねえ、なんとかして確認しなきゃね。部屋の中じゃなくても、部屋の主がどんな人か確認できるといいんだけど」

「そんなこと、私には無理です。もし凶悪犯だったら、顔を見た人間に何をするかわからないし」

「そうね。優希さんはやめた方がいいわ。誰か、男の人じゃないと」

「男の人って、俺のことかい？」

保田さんの言葉に、靖子先生はにこにこしてうなずく。

「そうねえ。この中では確かにそうね」

「でも、確かめるってどうやればいいの？　ドアをノックして、出てきた相手に『あなたは何者ですか？　誰かを監禁してませんか？』って尋ねればいいの？」

保田さんはふざけた口調だ。場の空気が重いので、なごませようとしているようだ。

「まさか、そういう訳にもいかないわね。まずは現場を見て、どういう状況か、確かめたいわね」

「でも、それで何かわかるのでしょうか？」

私が先生に聞いてみる。

「確信はないけど、いまのまま不安に思っていても仕方ないでしょう。何か手掛かりでも摑めれば、と思うの」

「そうですね。先生と保田さんが来てくださるなら心強いし。ともかく、みんなで優希さんの家に行ってみませんか」

先生と香奈さんに言われて、私も承諾した。ほんとうはひとりで部屋に帰りたくないのだ。みんなといっしょなのは、とても心強い。

そうして、私のアパートへ向かった。道路から生産緑地に面したアパートの南側が見える。まだ肌寒い季節なのでどの部屋も窓は閉め切っているが、雨戸はもちろん開いているし、昼間なのでカーテンも開けている。二階の、私の隣りの部屋を除いては。

隣りは、相変わらず雨戸を閉めたままだ。ここが開いているのを見たことがない。

「確かに、閉め切っているのはヘンな感じだね。誰も住んでないみたいだ」

保田さんがつぶやくように言う。

アパートの階段を、みんな無言で上っていった。私と香奈さんが前を歩き、先生と保田さんがそれに続く。上りきると、共用の廊下を歩いていく。私の部屋は一番奥で、問題の部屋はそのひとつ手前だ。

私は隣りにいる香奈さんの袖を握った。緊張から、指に力が入る。走り出したい想いをじっと抑え、ゆっくり、音を立てないように廊下を歩いていく。

隣りの部屋が近くなると、微かに異臭が漂ってきた。先ほどと違って、部屋の窓は閉まっていた。中の様子はわからない。

音を立てないように気を付けながら、隣りの家の前を通り過ぎた。自分の部屋に辿りつくと、鍵を開け、三人を部屋の中に招き入れた。

「ここが優希さんのお部屋なのね」

玄関から入ると、先生は私の部屋をゆっくり眺めた。そういえば、私の方は何度も先生のお宅にお邪魔しているけど、私の部屋に先生が来るのは初めてだ。

「すっきりと住みこなしているのね」

先生に褒められると嬉しいけど、ちょっと恥ずかしい。先生の私室のようにセンスのいい家具や英国製のファブリックで飾っているわけではない。無印良品で買った家具やカーテンでまとめているので、統一は取れているが飾り気がない。唯一キッチンのカフェテーブルと椅子だけは近所のアンティークショップで買ったもので、木の天板にアイアンの脚がついていて、レトロな雰囲気がある。そこに、先生と保田さんに座るように勧めた。香奈さんのためには、クロゼットから座布団を出して、和室に敷いた。

「さて、これからどうしようか」

保田さんが言う。

「せっかく来たのだから、中の様子を少しでも覗いていきたいね」

「どうやってやるんですか？」

私が聞いてみる。ずっと隣りに住んでいる私でも、中を覗いたことはない。

「そうだな、宅配便です、と言ってノックしてみる？　そうしたら、出てくるだろうし」

「でも、保田さんの格好では、全然宅配便の人には見えませんよ。それに、荷物も持ってないし、怪しまれますよ」

「じゃあ、『館林さんのうちですか』って、聞いてみるのはどうかな」

「私のうち？」

「訪ねて来たふりをして、『じゃあ、館林さんの家はどちらでしょう』って聞けば、話を長引かせることもできるしね」

「そうねえ。できることって言ったら、それくらいしかなさそうですね。私もいっしょに行って、奥を覗いてみようかしら」

先生がそう提案して、保田さんと先生が隣りの部屋に行くことになった。私と香奈さんは、ドアのところから様子を窺うことにした。保田さんと先生が隣りの部屋のドアの前に立ち、私たちに、じゃあやるよ、というように目で合図して、ドアをノックした。返事はないようだ。もう一度ノックする。まだ返事はない。

「ごめんください」

保田さんがドンドンと強くドアを叩く。しかし、反応はないようだ。

「だめだね」

保田さんと先生が私たちのところへ戻って来た。部屋に入って、もう一度みんなで作戦を考える。

「どうしよう。いつ戻るかわからないのに、ここにいても仕方ないしなあ」

保田さんが言う。

「隣りの人、いつも夜中に出入りしているって言ってたわね」

「はい。いつも決まって十二時過ぎにアパートに戻ってくるんですけど、たいていは五分か十分するとまた出て行くんです。ちょうどその頃には私は寝てしまうんですが、夜中に目を覚ますと、ぼそぼそしゃべる声が聞こえてくるんです。だから、一度外出して、また部屋に戻ってきているんじゃないか、と思うんです」

「そう。じゃあ、今日の夜中、見張りをしてみましょうか？」

先生の言葉に、我々は「えっ」と驚いた。

「本気ですか。もしかしたら、危険なやつかもしれないのに、夜中に対決するなんて」

今日も、昼間だし、みんなでいるから平気だったのだ。夜中だったら、躊躇したかもしれない。

「もし嫌なら、優希さんはいなくてもいいわ。私と保田さんで待っているから。いいでしょ、保田さん」

「え、まあ、そりゃ、今晩特に予定はないけど、俺もあんまりぞっとしないな」

「だったら、誰か助っ人を連れてくればいいでしょ。屈強な、腕に自信のある人を」

「そうだね。誰かいたっけな」

保田さんは首を捻る。

「誰でもいいわ。人数は多い方が、何かと心強いので」

私はいなくてもいい、と言われたが、そういう訳にはいかない。みんなが私の部屋で待機するのだ。さらに別の男の人まで来るかもしれないのに、いないわけにはいかない。そうして、いったん先生と保田さんは家に帰り、零時前にまた私の部屋に戻ってくることになった。私をひとりにするのは心配だから、と香奈さんは残ってくれるという。

「だけど、お隣り、今日は珍しく昼間部屋にいたし、いつもと行動パターンが違うかもしれません。夜は戻ってこなくて、待ちぼうけになるかも」

「たぶん大丈夫だと思うわ」

先生は妙に自信ありげだ。何か、勝算があるのかもしれない、と思ったが、聞かないことにした。こういう時に聞いても、先生は教えてくれない。


それから、私と香奈さんは、部屋で映画のＤＶＤを観たり、夕食を作って食べたりしながら、先生たちを待つことにした。先生は十一時半ぴったりに現れた。

「やれやれ、夜はまだ寒いわね」

先生はバスケットに食べ物を詰めていた。焼きたてのマドレーヌだ。

「優希さん、紅茶淹れてもらえるかしら。お茶をして待ちましょう」

「はい。でも、保田さんを待たなくても大丈夫でしょうか？」

「平気よ。ちゃんと保田さんの分を取っておけば。いつ来るかわからないし、先に始めてましょう」

私は紅茶の葉を取り出して、ポットに注いだ。

「ミルクがいいですか？　レモンもありますが」

「そうね。マドレーヌに金柑のピールを入れたから、ミルクの方がいいかもしれないわ。レモンティーでは、せっかくの金柑の香りが引き立たなくなってしまうから」

「あ、保田さんの持って来た金柑ですね」

「ええ。せっかくだから、保田さんに味わっていただこうと思って」

そんな話をしていると、ドアがノックされた。

「はーい」

そう返事をして、ドアスコープから外を覗くと、保田さんともうひとり誰かが立っている。

「いらっしゃい」

「助っ人を連れて来たよ」

保田さんと、それに続いて入ってきた人を見て、思わず「ああ」と声を上げてしまった。保田さんが連れて来たのは、料理作りのバイトの雇い主である川島さんだった。

「家を出たところで、ちょうど仕事から帰ってきた悟朗ちゃんと会ってね。説明したら、いっしょに来てくれることになったんだ」

「頼りない助っ人ですけど、どういう相手かわからないので、ひとりでも多い方がいいと思ったんです」

「こう見えても、悟朗ちゃん、空手の有段者なんだよ。頼りになる男だ」

「いや、学生時代ちょっとかじっただけですから、そんなたいしたことないですよ」

川島さんは謙遜しているが、私は驚いて川島さんを見た。川島さんは小柄で細身だが、よく見ると上半身はがっしりしている。意外と筋肉質なのかもしれない。

それに、料理作りのバイトという関わりがあるというものの、知り合って間もない私のためにわざわざ来てくれるのが嬉しかった。保田さんもいい人だけど、川島さんもほんとうにいい人だ。いい人はいい人を呼び寄せるのだろうか。

「まあ、よかったわ。じゃあ、ふたりとも、こちらにいらして。お茶をしようとしていたところよ」

私はコンロのお湯を沸かすために立ち上がった。

「温かいお茶はありがたいね。歩いてきたら、すっかり冷えてしまったよ」

「エアコン、つけましょうか？」

私が聞くと、保田さんは、

「そこまではいいよ。紅茶があれば」

「マドレーヌもあるんです。先生が作ってくださった、金柑のピール入りの」

「それはありがたいね。そっちもいただこうか」

「川島さんは甘いもの、大丈夫ですか？」

私は川島さんの好みがわからないので、聞いてみる。

「はい。大丈夫です」

「悟朗ちゃん、お酒も飲めるんだけど、甘いものの方が好きみたいだよ。パフェとかも食べに行ったりしているって。いまでいう、なんだっけスイート、スイートなんとか？」

「スイーツ男子ですか？」

「そう、それ」

保田さんが嬉しそうに、ぽんと膝を叩いた。

「そんな、いきなりばらさないでくださいよ。男でパフェ好きなんて、かっこ悪いでしょう？」

川島さんは照れくさそうだ。

「あら、いいじゃない。男だろうとなんだろうと好きなものは好きということで。甘いもの嫌いという男性より、作り甲斐があっていいわ。ねえ、優希さん」

「はい。今度のバイトの時、スイーツも作るようにします」

「あ、無理しなくていいです。材料は野菜なんだし」

気を遣わせて悪いと思ったのか、川島さんが言う。

「ええ。でもさつまいもやかぼちゃがあれば、ケーキやプリンもできるし、楽しみです」

「かぼちゃのプリンか。それはいいかも」

川島さんは嬉しそうに目を細める。よほどの甘党かもしれない。味の好みがわかると、料理のメニューも決めやすい。次のバイトの時は甘いものを必ずメニューに入れよう、と私は思った。

そうして雑談をしているうちに、十二時になった。

「そろそろ来る時間かしら」

香奈さんが私に聞く。

「そうですね。いつもだと、十二時を十五分くらいまわった頃に戻ってくるみたいです」

私が言うと、先生が、

「それで、十分しないくらいで出て行くのね。だとしたら、帰ってきた時でなく、出ていく時に声を掛けることにしましょう」

「それでいいんですか？」

私が問い掛ける。帰ったところを狙った方がよさそうな気がするのだが。

「そっちの方がいいわ」

先生は自信ありげだ。

「よくはわからないけど、靖子さんがそっちがいいと言うなら、そうしようか」

保田さんに言われるまでもなく、先生が言うことなら、きっと何か考えがあるのだろうと思う。

そうして、みんなは黙り込んだ。飲み食いする手も止まっている。もうすぐ隣りに人が戻ってくるかもしれない。それで緊張しているのだ。

私はふと気がついて、廊下側の窓を十センチくらい開けた。少し寒いが、その方が外の音がよく聞こえる。

みんなは黙ったままだ。そのまま時間が過ぎていく。時計が十五分を過ぎた頃、微かに音が響いた。廊下は鉄製なので、ゆっくり歩いても音が響くのだ。

「来た」

小声で保田さんが言い、窓を開けようとして先生に止められた。保田さんは外を覗こうとしたのだと思う。私もそうしたい衝動に駆られたが、なんとか動かずに我慢した。

　カチャカチャと鍵を開ける音がする。ドアが開いて、すぐにぱたんと閉まった。隣人が部屋の中に入ったのだ。保田さんと川島さんが隣りとの間の壁に耳をつける。部屋のこちらにいる私たちには、何も聞こえない。

「そろそろ出る準備をしましょう」

　囁くような声で先生が言う。

「すぐに動けるよう、靴を履いておかないと」

　それで、保田さんと川島さんが靴を履いた。

「優希さんたちは部屋の中にいて。私たちは廊下で待機しているから」

　先生の言葉に保田さんが、

「我々がいるのを知ったら、出てこないんじゃないか？」

「ドアの向きが反対だから、開けた時には、私たちがいるのは目に入らないわ。そのまま階段の方に向かうなら、振り向かない限り、我々のいることには気づかないはず」

「まあ、そうだけど」

「この玄関に、三人立って待つのは無理だから、ともかく外に出ましょう」

先生に促されて、保田さんと川島さんは音を立てないように気をつけながら外に出た。最後に先生も外に出て、

「すぐ戻るから、待ってらっしゃい」

そう言って、静かにドアを閉めた。私たちは廊下側の窓をいっぱいに開け、そこから身を乗り出して外を見る。先生はいつもどおり落ち着いているが、保田さんと川島さんは緊張した面持ちだ。

そうして、隣りの部屋のドアが開いた。私はどきっとして、隣りにいる香奈さんの袖を摑んだ。香奈さんが私を励ますように手を握ってくれる。

隣人は外に出た。

男だった。年齢的には初老、というところだろうか。痩せ型で、背は低く、白髪交じりの頭だ。男はひとりではなかった。何かを連れている。

男が自分の部屋の鍵を閉めた。そこで、先生が声を掛けた。

「すみません」

突然声を掛けられた男は、ぎくっとしたようにこちらを見た。そして、先生だけでないことに気づいてさらに驚いたのか、二、三歩後ずさる。

「あの、怪しい者じゃありません。隣りの部屋の住人の友人なんですけど」

じゃないか」

　飼い主がゴン太と名前を出したからか、アライグマはびくっとして、それから檻の天井にぶら下がった。

「特定外来生物に指定されると、飼うのはもちろん、それを保護したり、勝手に逃がしたりしても罰せられてしまうのよ」

　それはなかなか厳しい。野生のものを拾って、一時的に家に連れてくるのもダメ、ということになる。

「それでも、法律ができる以前から飼ってた人は、許可さえ取れば継続して飼えるんじゃなかったっけ」

　保田さんが岡田さんに尋ねる。

「許可にも条件があるんだよ。いろいろ書類書かなきゃいけないし、飼う場所についても、あれこれ注文がつく。俺みたいに、借りてるアパートの中でこっそり飼うなんて、絶対に許可がおりないよ。大家にだって内緒だったんだから」

「だったら、動物園かどこかに預けようとしなかったの？」

　さらに保田さんが聞くと、岡田さんはふっと鼻で笑うような顔をした。

「それができればね。おんなじように考える人間が多くて、法が改正される頃には、動物園もアライグマだらけになっちまった。それで、引き取ってくれなくなってしまったのさ。引き取り手がないと、あとは殺処分されるんだ。昨日まで家族同然だった生き物を、引き取り手がなければ殺すっていうんだよ。そんなこと、できると思う？それまではペットとしてちやほやしていたのに、増えすぎたから邪魔だなんて、人間の勝手な都合じゃないか」

岡田さんの声は怒りに震えている。

「それで、こっそり飼い続けたってわけか。みつかったら、逮捕されるかもしれないのに」

保田さんが言う。

「えっ、逮捕されるんですか？」

私はびっくりした。そんなことくらいで、逮捕されてしまうのか。法律が変わったことを知らないで、そのまま飼い続ける人もいるだろうに。

「うん、特定外来生物を無許可で飼育するのは、立派な法律違反だからね。みつけたらすぐに通報するか、駆除するかしなきゃいけない」

保田さんが言う。保田さんは農家だから、そういう生物のことも詳しい。この近所にはハクビシンがいるので、どうにかしなきゃいけない、なんて話も聞いたことがある。

「法律が施行される時、殺されるよりはましだ、ってこっそり逃がした飼い主も多いと思う。勝手に逃がすのだって法律違反だけど、仕方ないだろう？　可愛がっていた生き物を、みすみす殺されるとわかっているのに差し出したいと思う？　俺だって逃がそうと思った。だけど、どうにもこいつとは離れがたくて」

岡田さんは愛おしそうにゴン太を眺めた。ゴン太は無心で餌を食べている。餌はドッグフードのようだった。

その姿を見ていると、なんだか切なくなった。法律どおり特定外来生物として処分することが正しいのか、生き物の命を大事にしたいと願うことが正しいのか、私にはわからない。だけど、岡田さんは後者を選んだ。これがばれて、逮捕されることも覚悟しているのだ。

「それで、これからも飼い続けるの？」

「うん。どちらにしろ、アライグマの寿命は十五年とか、長くても二十年かそこいらだろう。ゴン太は十六歳だから、もうそんなに長くはない。その期間だけ、見逃してくれないか。俺は天涯孤独だし、こいつだけが家族なんだ。最後まで見届けてやりたいんだ。それに、誰にも迷惑はかけていないだろう？」

「迷惑かけてないわけじゃないわ。実は、私たちが気がついたのも、この部屋からヘんな臭いがするってことからだし、壁が薄いから音も案外漏れているのよ」

先生が言うと、保田さんも言う。

「それに、家主は承知してないんだろう？　こういうアパートじゃ、ペット禁止だし、ヘンな臭いがするっていうのは、アパート経営者にとっては営業妨害だし」

「でも……どうすればいいんだ。そりゃ、俺の稼ぎがもっとよくて、ちゃんと一戸建てでしっかりした小屋を作れれば許可も申請できたし、ゴン太もこんなふうに部屋の中に押し込めておくことはなかったんだけど……」

「そうだねえ。せめて家主が黙認してくれるようなところに引っ越したらいいんじゃないかな。一戸建てなら、迷惑掛けることも少ないし」

「そんな虫のいい話があるもんか。一戸建てなんて、家賃が高いから俺に払えるわけないし。そもそも、アライグマを飼うのに協力してくれる酔狂な大家はいないだろう。犯罪の片棒を担ぐわけだし」

「それはわからんよ。世の中、そういう変わり者だっているかもしれない」

保田さんは何か企んでいるような顔をしている。

私と先生は顔を見合わせた。先生はにっこり微笑んだ。

そうして、保田さんの持ち家の文化住宅に岡田さんは引っ越すことになった。いまのアパートよりは広くなるし、ゴン太にとってものびのび暮らせるだろう。岡田さんが、住まわせてくれるなら風呂もトイレもいまのままでかまわない、と言ったので、保田さんとしてもリフォームにそれほどお金を掛けずに済む。双方にとってよい落としどころだ。

私にとっては、引っ越しのあてがなくなってしまったけど、それもいいか、と思う。岡田さんが引っ越してしまえば、私の不満は解消されるし、収入が減ることがわかっているのに、引っ越しで無駄なお金を使うことはない。もう少しこのままでいよう。

「獣の臭いを完全に消すのは難しいけど、こまめに敷物を取り替えれば少しはましになるわ。それに、柑橘類の皮を部屋に置いておくと、それだけでも消臭剤がわりになるのよ」

「柑橘類の皮？」

「金柑とかみかんとかオレンジの皮を新聞や笊に置いて、天日干しして、吊るすだけ。金柑は皮ごと食べられてもったいないから、みかんを使うといいわ。それに、みかんの皮の煮汁を使って壁や畳を拭けば、きれいになるし、臭いもましになるんじゃないかしら」

「だったら、引っ越しが終わったら、お祝い代わりにみかんの皮を干したのを持って来るよ。うちにはみかんもたくさんあるから」

保田さんが言うと、岡田さんが恐縮したように背中を丸める。

「そんなにしてもらうのは悪いよ。貸してもらえるだけでもありがたいのに」

「なに、うちの家だからね、快適に住んでもらいたいし、ご近所さんにも『臭い家』と言われたくないからさ」

「そうですね。気をつけます」

岡田さんは照れくさそうに頭をかく。

「どうせなら、ゴン太を正式に飼えるように許可を取ったらいいんじゃないでしょうか」

川島さんが言う。野生のアライグマを偶然見つけてしまったということにして、改めて許可を申請すればいいのではないか。いままでも学術研究や展示のため、ということであれば、許可がおりないことはない。

「責任を持って飼育を引き受けることができるのであれば、なんとかなると思うんです。最近では、むやみな動物の駆除については、動物愛護団体からも抗議が来ますからね。うまく折り合いがつけられないか、調べてみますよ」

川島さんが岡田さんに請け合う。

「そうしてくれると嬉しいね。ずっと日陰者みたいにしておくのは、忍びないのでね」

「それに、夜行性といっても、ちゃんと日の光が入って、風通しもいいところで飼った方がいいみたいですよ」

「えっ、そうなの？」

川島さんの言葉に、岡田さんはびっくりしたようだ。

「人間だって、日に当たらないと骨が弱くなりますからね。アライグマも同じでしょう」

「それは知らなかった。みつからないようにって、ここ数年は夜しか外出しなかったし、自分がいない時に誰かの目に触れると困るから、雨戸も閉めっぱなしだったし」

「やっぱり正式に飼えるようにしなきゃダメですね。この子がかわいそうだ」

「そうですね。なんとかできるよう、頼みます」

「はい。できるだけ協力しますよ」

川島さんが力強く約束した。

その時、ゴン太が「くるる」と鳴いた。

「あら、自分の話だとわかっているのかしら」

私が言うと、川島さんが、

「そうかもしれないね。ゴン太にとっていい状況になるように、こっちも頑張るよ」

川島さんが話し掛けると、ゴン太は「お願いします」と言うように、もう一度「くるる」と鳴いた。その声はやわらかで、聞くものの気持ちをやさしくするようだった。

菜の花は語る

「今日からよろしくお願いします」

　私は、靖子先生と香奈さんに挨拶した。会社勤めを辞めて、四月一日の今日から正式に菜の花食堂のスタッフになったのだ。

「こちらこそ、よろしくね」

「よろしくお願いします」

　先生と香奈さんもにこにこしながら挨拶してくれる。いままでも時々お店を手伝っていたので、それほど劇的な変化はない。だけど、やっぱり嬉しい。今日からこの店の正式なスタッフとして大手を振って出入りできるのだ。派遣の仕事の片手間にやっていた頃とは気持ちが全然違う。

　しかし、そうは言っても、ここのお給料だけではやっていけないので、私は駅の近くのレストランで週四日、夜だけホールのアルバイトをすることになった。菜の花食堂は夜の営業はまだ少ない。あっても一組か二組なので、私がいなくても困らない。しばらくは掛け持ちでもやっていけそうだ。それに、いままで接客業の経験がないので、ホールで働くのはいい勉強になると思う。

「さて、そろそろ野菜が届く時間ね」

先生は庭の外に目をやる。車を停める音がしていた。保田さんの、配達用のバンだろう。

「おはよう」

店のドアが開いて、予想通り保田さんが野菜の入った籠を持って来た。籠の中には、その日採れた彩りの美しい野菜が並んでいる。

「えっと、今日はアスパラガスとブロッコリー、ルッコラ、新ゴボウ、それに、せりもいいのがあるよ」

まだ朝露が残っているような、土の匂いが息づくような野菜の中から、先生は幾つか選び取った。

「ほかに、何か面白いものはないの？」

保田さんのところでは、都市農家らしく少しずつ、いろんな種類の野菜を作っている。保田さん自身が新しいものが好きなこともあって、江戸東京野菜のような昔ながらの野菜を作ったり、その逆に、まだ日本では珍しい、外国産の野菜を作ったりもするらしい。先生は、それらを面白がって購入して、試してみるのだ。

「うーん、ちょっとここのところ天候が悪くてね。今日はいまいちなんだ。……あ、菜の花があるけど。どう？」

保田さんが先の黄色くなった黄緑色の野菜を一束取り出した。柔らかい黄緑と黄色の組み合わせは瑞々しく、春到来を告げているようだ。

菜の花。

菜の花食堂で菜の花のお料理。

それも私の出勤初日にメニューに載るって、なんか素敵だな。

お浸し、辛し和え、サラダにしてもいいし、炒め物にしてもいい。今日のメインは鶏の唐揚げだから、菜の花の小鉢をつけると色合いも美しいし、栄養バランスもいい。

そんなことを考えていたが、先生は首を横に振った。

「……いえ、それはいいわ」

先生の言葉はちょっと意外な気がした。

「ああ、そうだっけ。菜の花はあんまり使わないんだっけな」

保田さんは心得た、というように菜の花を籠に戻した。

菜の花は使わない？　どういうことだろう。

私は疑問に思ったが、それ以上聞くことはしなかった。

「じゃあ、今日はこれだけいただきますね」

保田さんは納品書を出し、金額を書き入れた。先生がそれにサインをする。支払いはまとめて月末に、先生が保田さんのおたくに直接届けにいっている。

「では、明後日、また」

保田さんが帰っていくと、ランチの下ごしらえが始まる。実際に調理をするのは先生と香奈さんだが、私も野菜を洗ったり、調味料を量ったりしてふたりの作業を手伝った。

「あの、先生は菜の花をメニューに入れないんですか？」

作業が一段落した時、私は思い切って聞いてみた。

「えっ？」

先生は意外なことを問われたというように、目を見開いた。

「だって、食堂の名前に使うくらいですから、先生は菜の花をお好きなんじゃないか、と」

私の答えを聞いて、先生は破顔した。

「そうね。確かに、食堂の名前に使うくらいだから、菜の花料理が名物であってもおかしくないわね」

「ええ」

「昔はね、春になるとよく作ったものよ。食べてくれる人もいたから。菜の花のお浸しとか、辛し和えとか。だけどね、作り過ぎて、飽きてしまったの。だから今はもう、ほとんど菜の花の料理は作らないわ。実は私自身が菜の花の味がそんなに好きってわけじゃないから」

「そうなんですか？」

「そう。あの食感がそんなに好きじゃないの。それに、茎と葉を分けて茹でるとか、面倒じゃない」

「そうですか……」

「意外？」

「ええ。料理人は好き嫌いがあんまりないのかと思ってましたから」

食べるのが好きで、作るのも好き。どんな野菜でもおいしく料理する、それが靖子先生だと思っていたのだ。

「そうでもないのよ。料理人って意外とわがままだから、逆にあれこれうるさいことも多いの。ふつうの人が気にならないようなちょっとしたえぐみが気に入らないとか。ねえ、香奈さん？」

「はい。実は私も苦手な食材はいくつかあるんです」

「えっ、どんなものが？」

「ナマコとか」

「ああ、ナマコは苦手な人多いですよね」

私自身もあんまり得意ではない。と言っても、ナマコ自体ほとんど食べる機会もないのだが。

「実はタコもあんまり好きじゃないんです。あのふにゃっとしてるくせに、ところどころこりっとしている食感が好きじゃない。それから、山菜類もえぐみが舌に残る気がしてダメな時があります」

「そうなんだ」

「優希さんは、嫌いなものはないの？」

香奈さんに聞かれて、私ははた、と考える。

「嫌いなもの……。給食はたまに残しましたけど、それは調理法が悪くてまずかった時くらいで、食材でこれが苦手っていうのはあんまりないです。子どもの頃は煮物はあまり好きじゃなかったし、セロリとか春菊みたいなクセのある野菜は苦手だったけど、おとなになってからは好きになりましたし。ちゃんと料理してあるものであれば、食べられないってことはまずないです」

「そう。私はダメな食材はいつまで経ってもダメね。菜の花の食感も、なぜか好きになれなくて」

「私もです。なおそうと思ったこともあるんですけど……ダメでした」

そんなものか、と私は思った。味覚が敏感な分、こだわりも強いのだろう。

「だったら、なぜお店に菜の花食堂ってつけたんですか？」

私の問いに、先生は虚を突かれた、という顔をした。

「確か、お店を開店させた時期が春で、菜の花が美しい季節だったからだと思うわ」

「あんなふうにですか？」

私は店の奥にひっそり飾ってある油絵を指差した。それほど大きな絵ではなく、デスクトップのパソコン画面くらいの大きさで、シンプルな額に飾られている。温かみのある色彩で、画面いっぱいに鮮やかな黄色い花畑が描かれており、その脇にがっしりした石造りの家とそこの住人らしい家族が小さく描かれている。何か、幸せな感じが伝わってくる絵画だった。

「ああ、そうね。まさにあんなふうだったわ」

「じゃあ、あの絵が名前のきっかけ？」

それを聞いて、先生はふふっと笑った。

「そんなことはないわ。あの絵は息子が高校生の時に描いたものだもの。お店はとっくにオープンしていたし。息子の方は、菜の花を見るのも食べるのも好きだったのよ」

「えっ、息子さんが描かれたんですか？」

鮮やかな色使い、達者な筆遣いはとても高校生の手になるものとは思えなかった。

「有名な画家の絵かと思いました。息子さん、絵がお上手なんですね」

「まあ……ね」

先生の顔が微かに曇った。

そういえば、先生は自分の家族の話はしない。ほとんど交流もないようだ。あまり触れられたくない話題なのかもしれない。

「でも、どうしてあんな隅っこに？　いい絵ですし、うちの食堂らしい絵だから、もっと真ん中に飾ればいいのに」

「そんな。素人の絵だし、あそこでちょうどいいのよ」

先生は照れくさそうに笑った。

「ところで、オープン記念日はいつなんですか？」

　私は話題を変えようとして、問い掛けてみた。

「えっと、いつだったかしら。四月の中旬だったけど」

「ええっ、覚えてないんですか？」

「今年で二十五年目ってことは覚えているんだけど、日にちはどうだったかしら。開店記念日とか祝ったりしないから、忘れてしまったわ」

「えっ、二十五周年なら節目じゃないですか。お祝いしないんですか？」

「節目ねえ。あんまり考えたことなかったわ」

　先生はちょっと首を傾げている。

「毎日一生懸命やってきたら、二十五年経ってしまったというだけで、お祝いするというほどのことはないわ」

「そうでしょうか。二十五年も続くってすごいことじゃないですか。誇っていいことだと思います」

　私の言葉を聞いて、先生はちょっと唇の端をゆるめた。

「ありがとう。優希さんはやさしいわね」

　そういうことばかりじゃない。そうしたことにかこつけて、お客さんにお店のことをアピールするチャンスだ。特別な料理、ちょっと値段の高いものか、あるいは逆に特別安いものを期間限定サービスとして提供するとか。ふつうの飲食店なら考えることだ。

「どちらにしろ、いまから何か仕掛けるというのも時間がないし、三十周年の時には考えましょう。……そろそろ今日の仕事に掛からなきゃね」

この話はこれで打ち切り、というように先生は言った。そのきっぱりした態度に、私もそれ以上は何も言えない。

「今日の小鉢はどうしましょう？」

「そうね。新ゴボウできんぴらでも作りましょうか」

先生と香奈さんはメニューの話を始めた。私は保田さんの持って来た野菜をシンクに運び、洗い始めた。そして、先生が作業しやすいように、まな板と包丁を出して作業台に置く。カウンターからはお店の中が見渡せる。フロアから見るお店とは、また違った景色なんだな、と私はぼんやり考えていた。

その週末、私は坂上の保田さんのアパートに向かった。昨日川島さんから電話が来て、田舎からまた新たに野菜が届いた、と聞いたのだ。その受け渡しをどうするか、いろいろ話し合った結果、私が川島さんの留守に部屋に上がって、野菜を調理することになった。前回はお試し期間のようなもので、ジャガイモが二袋程度だけだったから、そんなにたいへんではなかったが、今度はダンボール一箱分まるまるある。野菜の箱は重いので持ち運びが大変だし、作った料理をまた持って行くのも面倒な作業だ。

『そうだ、僕の留守の間に、館林さんが料理を作っておいてくれませんか？』

そう言い出したのは、川島さんの方だった。

『そうすれば、受け渡しの手間がいらないし、汁物は鍋に作っておいてくれれば、そのまま火に掛けられるし。うん、それがいい』

「川島さんのおたくに伺うんですか」

電話越しに私の躊躇を感じ取ったのか、川島さんは慌てて撤回した。

『若い女性に、そんなこと頼んじゃダメですね。デリカシーなくてすみません』

「いえ、大丈夫ですよ。家事代行サービスと思えば、そういうことはふつうにありますものね」

私は内心どぎまぎする気持ちを抑えて、明るい声で請け合った。

『そうしてもらえると、助かります。実はいま、仕事が忙しい時期で、帰りが終電になることもよくありますから、深夜に料理の受け渡しになるっていうのも申し訳ないですし』

「それでしたら、やっぱり私がそちらに伺う方がいいでしょうね。明日にも伺いますが、鍵をどうしましょうか？」

『えっと……そうだ、保田さんに預けておきますから、受け取ってください。作業が終わった後、また保田さんに戻しておいていただければ大丈夫ですから』

そうして、私は独身男性のアパートに行くことになった。彼氏がいた頃、何度か家に行ったことはあるが、留守に上がりこんだことはない。罪悪感のような、気恥ずかしさのような感情が湧いてくる。

おそらく、最初だけなんだろうけど。

「こんにちは」

アパートの裏手にある農家の母屋の玄関に立ち、私は奥に向かって叫んだ。

「はあい」

と言って保田さんの奥さんが奥から小走りで出てきた。奥さんは小柄でよく日に焼けており、いつも笑顔を絶やさない。

「ああ、靖子さんとこの。……悟朗ちゃんとこの鍵だね」

話が通っていて、ほっとした。独身男性のアパートの鍵を貸してくれ、というのは、ちょっと気恥ずかしい。

「悟朗ちゃん、部屋片付けているかねえ」

そう言いながら、奥さんはサンダルを履いた。私を案内してくれるらしい。

「でも、あなたが料理引き受けてくれてよかったですよ。野菜をダメにするのももったいないし、悟朗ちゃんも栄養のあるものが食べられるし」

そんな話をしながら、アパートの中に入って行く。私は手に買ってきた食材を持っている。野菜だけでは物足りないので、肉などを足してボリュームのある料理も作るつもりだ。

「悟朗ちゃんは一階なんですよ。一階を嫌がる人も多いけど、荷物が多いんでむしろ一階の方がいいって言ってくれてね」

そう言いながら、一番奥の部屋の前まで進み、鍵を回した。

中は想像していたより片付いていた。私が来るというので、掃除をしたのかもしれない。奥の部屋のドアは閉まっていたが、手前のキッチンと、それに続く六畳ほどの広さのリビングはきれいになっていた。と言っても、キッチンは生活感がない。やかんがひとつ出ているだけで、後はがらんとしている。リビングの突き当たりは掃き出し窓になっているが、左右両側の壁は全部本棚で埋め尽くされていた。こんなに本をたくさん持っている人は、私のまわりにはいない。つい、どんな本を読んでいるか確かめたくなったが、プライバシーの侵害だと思ってやめた。それまで、川島さんは人懐っこい、裏のない人だと勝手に思っていたけど、そうでない秘密の一面を見てしまうかもしれない。それがなんだか怖かった。

「まあまあ、これで料理できるのかしら」

私といっしょに川島さんの部屋に上がりこんだ保田さんの奥さんが、キッチンカウンターの扉を開けた。大小の鍋、フライパンがあった。引き出しにはフライ返しや菜箸、ふきんも置かれている。私が事前に川島さんから聞いていた通りだ。

「引っ越してみえた時、おかあさんが手伝いに来ていらしたから、揃えてくれたんだわ、きっと。だけど、全然使ったようには見えないね」

私も同じことを思ったが、黙っていた。

「野菜はそこのダンボールかしらね」

シンクの前の床にぽつんとダンボールが置かれている。箱に貼られた送り状を読むと、発送人は、茨城の川島と読み取れた。ダンボールのガムテープは剝がされており、簡単に開いた。

「わあ、立派なキャベツだねえ」

箱の中を見て、奥さんが感嘆する。農家の人が言うんだから、よほどなんだろう。

キャベツのほかは玉ねぎ八つ、人参七本、セロリひと株、長芋、グリーンピース、菜の花が少し。

だいたいは川島さんから聞いていたとおりだ。菜の花だけは見落としていたのか、聞いていなかったけど。

「料理するって言っても、ちゃんと調味料はあるのかしら」

保田さんがシンクの下の扉を開けると、醬油と酒とみりんとお酢が出てきた。しかし、醬油以外は封も切っていない。

「ふうん、まあまあ揃っているわね。これ、きっとおかあさんが揃えたのね」

私もそうだと思う。ほとんど料理をしない男の人が、みりんまで買い揃えることはないだろう。それに、調味料はスーパーで売っているメーカーのものだが、よくある量産品ではなく、ちょっと上質なものが選ばれている。自分で料理する人が選んだのだと思う。

私は持ってきたスーパーの袋をテーブルの上に置いた。

「あ、しまった。小麦粉を忘れた」

ロールキャベツのクリーム煮込みを作ろうと思ってひき肉と牛乳を買ったのに、小麦粉を忘れている。

「うちから持って来てあげる。ほかにも、足りないものはない？」

「ええっと、一応、大丈夫だと思います。あ、おろし金がない」

長芋を擂って磯部揚げを作ろうと思っていたのだ。

「じゃあ、それも持って来るわね。もうそれで大丈夫？」

「はい、たぶん」

「じゃあ、取りに行ってくるわ」

保田さんが自宅に戻って行ったので、私はテーブルの上に野菜を広げた。

ロールキャベツ、ポトフ、グリーンピースご飯、玉ねぎのリング揚げ、長芋の磯部揚げ、お好み焼き、人参のしりしり、ピクルス、キャロットケーキ。

昨日連絡を貰って、ざっと考えていたのは、そんなところだった。思ったよりセロリの株が立派なので、これについてはメニューを追加することになるだろう。セロリのサラダでも作ろうか。

菜の花は予定になかったけど、どうしようか。辛し和えにでもしようかな。

ランチタイムの混雑が終わってから来たので、もう三時を過ぎている。時間はどれくらい掛かるだろう。川島さんは終電くらいに戻ると言っていたけど、あんまり遅くまでいたくはない。七時までに終わらせられるといいんだけど。

そんなことを考えていると、保田さんが小麦粉とおろし金を手に、戻ってきた。

「はい、これ、使ってね」

「ありがとうございます」

「これ全部料理するのはたいへんだね。それに、料理しても食べ切れるのかね」

「できるものは冷凍にしておきますから。それに、漬物とかピクルスにしておけば日持ちしますしね」

「ああ、菜の花もあるのね。うちのはそろそろ終わりだけど」

それを聞いて、ふと私は思い出した。

「そういえば、うちの食堂に菜の花は入荷されないんですね」

「そうね。靖子さんが菜の花はいらないって言うらしいのよ」

「なぜなんでしょう？　菜の花食堂って言うくらいだから、菜の花が看板料理でもおかしくないのに」

「さあ、それはうちの主人も不思議に思ったみたいだけど、靖子さんがあんまり言いたくないみたいだから、聞いてないって」

それはよくわかる。先生は言わないと決めたことは口にしない。それはちょっと頑固なくらいだ。詮索するのは嫌いなのか、保田さんの奥さんはそれ以上その話題は口にしなかった。

「で、もう足りないものはなさそう？」

「はい、大丈夫です」

「じゃあ、またなんかあったら、声掛けて。私は家に戻るから」

「ありがとうございます」

それから、私はひとりで野菜と格闘した。料理道具も調味料も一通り揃っているようだったが、キッチンペーパーや温度計など思わぬものがなかったりして、やりにくかった。

自分のキッチンじゃないし、仕方ないな。今度来る時には、それも持って来よう。焼いたり、煮たり、揚げたり。

馴染みのないキッチンで三時間ほど夢中で奮闘して、予定していた九品のほか、コールスロー、セロリの漬物、それにセロリの葉のふりかけを作った。新鮮なセロリの葉がそのまま大量についていたので、捨てるには忍びなかったのだ。

少しずつ味見をする。

ロールキャベツはよく煮込んであるから、箸で千切れるほどやわらかく、味も染みている。ポトフも、いろんな味が複雑に溶けだして滋味深い。玉ねぎはさくっと揚がっているし、セロリの漬物はカリカリと歯触りがいい。

うん、いいぞ。

私は内心自分に拍手した。

ベースになっているのは、靖子先生に教わった味付けだ。まずいはずがない。先生や香奈さんが作ったものには敵わないが、これなら川島さんにも喜んでもらえるだろう。

私はできあがった料理をタッパー類に詰めた。フリーザーに入れられるものは入れておく。そして、川島さんへのメッセージを書く。料理の保存法や温め方、買い足した食材の種類と金額など、実務的な伝言だ。料理に掛かった時間も書いておく。それをテーブルの上に置いて、部屋の鍵を閉めた。

「まあ、もう終わったの？」

鍵やおろし金などを返しに行ったところで、保田さんの奥さんに言われた。

「はい。コンロが三口だったので、助かりました」

「あのアパートは所帯持ちが多いんでそうしてるけど、悟朗ちゃんとこで三つ同時に使うなんて初めてじゃないかしら。それにしても、優希さんは手早いね。料理もできるし、いつ結婚しても大丈夫ね」

「ありがとうございます。食堂で働いているので、少しは鍛えられていますから」

私はそう言って微笑んだ。

「ああ、そうだ。もしかしたら、保田さんはご存じかしら」

「なんのこと？」

「あの、うちの食堂のオープンした日」

「ああ知ってるよ。四月十五日でしょ？」

あんまりあっさりと奥さんが答えたので、逆にびっくりした。

「えっ、ご存じだったんですか？」

「もちろん。そんなに意外？」

「ええ、先生も覚えてないっていうから、誰も知らないのかと思いました」

それを聞いて、奥さんは一瞬ぽかんとした顔をしたが、すぐに大声で笑い出した。

「何がおかしいんですか？」

「いえ、靖子さんがね……。そうか、まだ意地を張っているんだね」

「どういうことですか？」

「靖子さんがオープン記念日を覚えていないはずはないよ。だって、息子の誕生日なんだもの」

「えっ、そうなんですか？」

「うちの息子は三月十五日生まれでね。ちょうど十一か月違い。だから私も忘れないんだよ。……うちの子は早生まれで、小学校の低学年の頃は何かと苦労したものよ。それこそ六歳と七歳じゃ、できることが全然違うからねぇ。それで靖子さんのとこの勝《まさる》くんにはずいぶん助けてもらった。勝くんは四月生まれで身体も大きくて、頭もよかったからね」

「そうだったんですか」

なんとなく始めた日ではなかったのだ。息子の誕生日という大事な日だったから、オープンの日に選んだのだ。

「息子の生まれた日を忘れる母親なんていないよ。靖子さんもとてもかわいがっていたし」

「じゃあ、なぜそれを言わないんでしょう」

保田さんは唇を真横に引き締めた。教えてくれないかな、と思ったが、言葉を選ぶように、訥々《とつとつ》と語り出した。

「子どもの頃はね、とても仲のいい親子だったのよ。それこそ、お姉ちゃんがやきもち焼くくらい。お姉ちゃんのことは知ってる？」

「ええ。美穂《みほ》さんっておっしゃるんですよね。今はフランスにいらっしゃるんでしょう?」

美穂さんと先生は折り合いが悪く、中学生になる頃、美穂さんは父親のいるフランスに渡ってしまった、と聞いた。

「ああ、知ってるのね。美穂さんとは喧嘩ばかりしていたんだけど、いざいなくなると、靖子さんは寂しがってね。そのせいもあって、勝くんのこと、溺愛するようになった。学校も、無理して中学から私立に入れたりしてね。この子に教育だけはしっかり受けさせたいって、口癖のように言ってたんだよ。女手ひとつで、それを励みに頑張っていたんだ。でも、だからだろうね、勝くんもなかなかほんとうのことを言い出せなくて」

「ほんとうのこと?」

「勝くんは、美術の学校に行きたかったんだよ。ほら、お店に飾ってある絵を知っている?」

「はい。菜の花畑の絵ですね」

「あれを見ればわかると思うけど、勝くん、ほんとに絵が上手だった。よくコンクールなんかでも賞をもらってたし。だけど、ほかの成績もよかったんだよ。小学校ではいつもオール五。勉強も運動もぱっとしないうちの子とは大違い。……それで、中学は私立の進学校に行ったんだ。靖子さんとしたら、そのままいい大学に入って、しっかりした企業に、って思ってたんだね。自分が苦労している分、息子には手堅い道を選んでほしいって。……まあ、母親なら当然思うことだけどね」

「それは、そうですね」

絵を学ぶだけなら、独学でもできる。大学はちゃんとしたところへ、と願うのは無理もない。

「それで勝くんも頑張って、有名国立大学の経済学部に現役で合格したんだ。靖子さん、ほんとに嬉しそうでね。そこまではよかったんだけど、それからが大変だった。遅くして訪れた反抗期というか、勝くん、半年も経たないうちに大学が嫌だ、辞めたいって言い出したんだよ。自分がやりたいことは違う。ここでは自分の将来が見えないって。せっかく入った大学だし、靖子さんは懸命に止めたんだけど、それも無駄だった。結局三年生になった年に勝くんは退学届を出した。そして、そのまま家を出てしまったの」

「まあ……」

「息子に期待していたぶん、靖子さんの落ち込みも酷くてね。当初は笑うこともしなくなったから、鬱病じゃないかと心配になったくらい。その後もずっと、昔のように屈託なく笑うことはなかったね。そう、ほんとに最近のことだよ。靖子さんが昔のように明るくなったのは。あなたたち若い人が来てくれるようになってからだよ」

「ほんとに？」

先生が、私たちのおかげで明るくなった？

私たちの前ではいつも明るく、おっとりしている先生が？

「ああ、ほんとだよ。……とくに、あなたが料理教室を手伝ってくれるようになってからは、すっかり昔の靖子さんに戻ったよ。若い人が来てくれてよかったね、ってうちのダンナとも話していたんだ」

それは知らないことだった。最初に会った時から、先生は私に親切だった。見ず知らずの私を家に上げてくれて、空腹で弱っていた私にポトフを食べさせてくれたのだ。

その頃、私は人間関係に疲れて、勤めていた会社を辞めたところだった。入りたくて入った会社だったから、挫折感が大きかった。何もする気になれなくて、家でだらだら過ごしていた。ご飯を作るのも面倒で、食べたり、食べなかったりしているうちに、ついに道端で行き倒れになるところだった。

それを救ってくれたのが、先生のポトフだった。

インスタントやコンビニの食べ物以外のものを食べたのは久しぶりだった。ちゃんと手を掛けて、心をこめて作った料理が、これほどおいしいものだと初めて気づいたのだ。

「おいしいものを作れるってことは、しあわせになる方法を知ってるってことだと思うの」

その先生の言葉を裏付けるような、しあわせな味だった。それが、私の未来を変えた。

そして、そのポトフを私に食べさせることで、先生自身もまた蘇ったのか。

誰かのために料理を作る。

その喜びは、食べた私だけでなく作り手である先生をも元気にしたのか。

初めて知った事実に、私の胸にこみ上げるものがあった。

「ほんとに、あなたたちが来てくれてよかったよ」

よかったのは先生だけじゃない。私や香奈さんも、だ。私たちはきっと会うべくして会ったのだ。お互いが必要だったから。

「息子さん、いまは？」

「九州で陶芸をやっているそうよ。うちの息子とはいまでも連絡取り合っているの。

息子によれば、勝くんの焼物、近ごろ売れてきているそうよ。それだけで生活できるようになった、という話。まあ、好きなことでご飯が食べられているなら何よりと思うけど、靖子さんとはまだ疎遠なままみたいね」

「そうですね。連絡取り合っているって感じではないですね」

息子がいる、という話は聞いていた。だけど、日常会話に息子さんのことが出てくることはない。先生には家族がいないのか、と思えるくらいだ。

「もう何年も経ってるし、勝くんも立派にやってるんだから、いい加減仲直りしてもいいと思うんだけどねえ。ああみえて、靖子さんも頑固だし、勝くんもね。実はよく似た親子なんだよ」

保田さんは溜息を吐いた。

「そうですね。何か、きっかけがあるといいんでしょうけど」

「そうそう、これ、持っていかない？」

保田さんがふいに思いついた、というように、持っていたタッパーを差し出した。靖子先生の話はこの辺で切り上げよう、と思ったのだろう。

「ウドと牛肉の佃煮」

「わあ、いいんですか？」

「もちろん。散々料理作って、自分で食べる分がなかったらつまらないでしょ」

「ありがとうございます。助かります」

正直、家に帰ったらどうしよう、と思っていたのだ。さすがに家に帰ってまで何かを作る気がしない。出来合いのお惣菜でも買って帰ろうかと思っていたところだった。

やはり主婦をやっている人は、こちらの気持ちもわかってくれる。

保田さんの親切が嬉しくて、心の中にぽっと灯りがともったような温かい気持ちになった。何度もお礼を言って、私は保田さんの家をあとにした。


「ねえ、私思いついたんだけど」

ランチ営業の後、食器を片づけながら私は香奈さんに話し掛けていた。先生は翌日のランチに必要な材料の買い出しに出かけていて、傍にはいなかった。

「ん、どんなこと？」

「二十五周年の記念日にパーティをしない？　先生と私たちと、お店に関わる方を少しお呼びして」

「それはいいアイデアだけど……、いつが二十五周年か知っているの？」

「四月十五日」

「ほんとに？　先生も覚えてない日なのに、よくわかったわね」

香奈さんはびっくりした顔をしている。

「優希さんも、先生の影響で探偵みたいな能力が身についてきたの？」

「そんなんじゃないけど……先生だって、ほんとは覚えているはず」

私は香奈さんに事情を説明した。

「そうだったの。だけど、この前イベントをやったばかりだし、十五日だとあと二週間もないわ。準備できるかしら」

「今回はイベントではなく、内輪のパーティ。こちらからお客さまに何かを提供するんじゃなく、先生を喜ばせるための会にしたいの。先生と親しい方だけお呼びして、先生が二十五年もお店を続けられたことを祝う会にしたいのよ」

「そうね。いままでやったパーティとかイベントは、お店の宣伝とか仕事の一環だものね。私たち、先生にはお世話になっているんだもの。たまにはそういう会もいいわね」

「そうよ。二十五周年って簡単に言うけど、ほぼ私たちが生きてきた年齢分くらいの歳月、先生はずっとひとりで頑張ってきたんだもの。それを私たちがお祝いするっていうのは、間違っていないと思う」

私の言葉に、香奈さんは、わかった、というように深くうなずいた。

「でも、いまからパーティっていうのもたいへんよ。何人いらっしゃるか、どれくらい準備すればいいのか。掛かった費用はどうするか。ほんとは、私たちで全部持つべきなんでしょうけど、それもたいへんだし」

香奈さんの心配はとても現実的だ。お店を手伝うようになってから、原価とかそういうことを考えるようになったからか、以前より地に足のついた発言をするようになった。

「もっと気楽に、そうね、たとえば、一品お持ち寄りのパーティにするのはどうかなあ。そうしたら、準備もそんなに必要ないし。それをよしとする、ほんとに親しい人だけ呼べばいいし」

「それはいいわね。そんなに大げさじゃなく、先生を祝いたい、と思う人だけ集まればいいんだし」

そんな話をしている時、ふいに扉が開いた。

「こんにちは」

「あら、おひさしぶりです」

現れたのは、中田《なかた》さん……ではなく福永《ふくなが》聡子さんだ。先生の弟の娘、つまり姪にあたる。自宅は関西にあるが、仕事の都合でたまに東京に来ているらしい。

「伯母から瓶詰を始めたと聞いたので、買いに来たんです。いま、大丈夫でしょうか？」

「ええ、もちろんです。瓶詰、まだこれくらいしか種類はないんですけど」

私は聡子さんを壁際の棚の前に案内した。ピクルスが二種類、それに新しく始めたジャムの瓶も並んでいる。ジャムは苺、マーマレード、リンゴ、それにレモン風味のカスタードクリームであるレモンカードの四種類だ。

「まあ、どれもおいしそう。一種類ずついただけますか？」

「はい、もちろんです。プレゼントボックスにお入れしますか？」

「そういうものもあるの？」

「はい。こちらです」

私は専用の箱を見せた。白い箱にリボンの飾りがつく。自宅用だけでなく、プレゼントにも使ってもらえるように、と箱を用意したのだ。

「素敵ね。でも、自宅用だから、ふつうの包装で大丈夫です」

聡子さんは代金を支払うと、持っていたエコバッグに買ったものを入れた。

「ところで、伯母はどちらに？」

「いま、買い出しに行ってるんですよ。あと三十分もしないうちに戻って来られると思いますが」

「じゃあ、どうしようかな。せっかくだから会いたいと思ったのだけど……」

「こちらでお待ちになりますか？　なんのおかまいもできませんけど」

「もし、お邪魔でなかったらいいですか？　京都からだと、なかなかこちらまで来られませんから」

「あら、聡子さん、京都だったんですか？」

言葉に、微かな関西弁のイントネーションがある。関西の人だとはわかっていたが、京都とは思わなかった。聡子さんはにっこり笑う。

「はい。伯母も出身は京都なんですよ。ご存じなかったですか？」

「えっ、京都だったんですか。関西ということは知っていたんですけど、神戸とかそっちの方かと思っていました」

京都の伝統的なイメージより、神戸のハイカラなイメージの方が先生には似合う。料理にしても、フランスやイタリア料理の影響を受けている感じだ。

「そうですね。伯母も東京で暮らした年月の方が長いですものね。でも、生まれが京都であることは忘れてないと思います」

「どうしてですか?」

先生は過去のこと、とくに子どもの頃のことは話さない。触れたくない思い出なのだと思う。だから、妙に自信ありげに言う聡子さんの言葉に、つい私はむきになって問い返した。聡子さんはそんな私の気持ちを知るはずもなく、おっとりとした口調で答える。

「うちは京都でお店をやっているんですよ。菜《さい》のはな、って言うんです。伯母がこの店の名前を菜の花食堂ってつけたのも、それから取ったんだと思います」

私は香奈さんと顔を見合わせた。まったく聞いたことのない話だった。


聡子さんはしばらく待っていたが、先生はなかなか戻ってこない。結局、新幹線の時間があるから、と会えないまま帰っていった。その後、私はネットで「菜のはな」という京都の店を検索した。すぐにヒットした。「菜のはな」は京都で二百年続く老舗の料亭だった。私には縁がないので知らなかったが、ここは有名な店のようだ。HPを開くと、格調高いお店の様子や手の込んだ料理の写真が浮かび上がってくる。そこにあった現在の当主の面差しは、先生にとてもよく似ている。顔の輪郭、まなざしは穏やかだが、意志の強そうな引き締まった口元。先生と血の繋がりがあるのはひと目でわかった。

それで、ようやく私は理解した。税理士の小島《こじま》さんが以前言っていた言葉の意味を。料亭の跡を継ぐのは男の子だ。いくら味覚が鋭くて、料理の腕があったとしても、女では店を継ぐことができない。家を守るために、靖子先生とおかあさんは追い出されたのだ。

老舗の料亭にとっては、店の伝統と財産を誰にどう受け継がせるかは、たいへんな問題だ。ただ老舗というだけでなく、ここは会社組織にもなっている。従業員の数も相応に抱えている。前妻のひとり娘という、後々争いの種になりそうな存在は、店を守ろうとする側の人間にとってはいない方がありがたいのだ。

「やっぱり、先生は京都の実家に想いがあったのかしら。それで、菜の花食堂ってつけたのかしら」

香奈さんの言葉に、私は同意したくなかった。

「先生は三歳までしかいっしょにいなかった父には関心ない、っておっしゃっていたわ。それに、さいのはな、なんて気取った名前ではなく、菜の花食堂にしたんですもの。もっと親しみやすい、誰でも入れるお店を作ろうと思われたのだわ。実家とは違うものにしようと思ったはずよ」

私の口調は自分で思っていたより強いものになったらしい。香奈さんが驚いたように聞く。

「どうしたの？　優希さん、そんなにムキになって」

「ん、ごめん、なんとなく、もやもやして」

理由はどうあれ、先生の父親は、妻と子を捨てたのだ。そんな父親や、父親が経営する店に、靖子先生が未練を持っているとは思いたくなかった。

「ただいま」

先生がお店に入ってきた。なんとなく気まずい思いで、私と香奈さんは小さな声で「おかえりなさい」と言った。

「外まで大きな声が聞こえてきたわ。何か揉めていたの？」

先生はにこにこしながら尋ねる。

「それは……」

香奈さんは、何か言い訳を考えようとしていたが、私は思い切って尋ねてみた。

「あの、このお店、菜の花食堂という名前の謂れって何なんですか？」

「えっ、何を急に？」

「あの、二十五年前に先生がこの食堂をオープンさせた時、どうしてこの名前にしたのだろう、と思ったんです」

それを聞いて、先生はちょっと首を傾げた。

「前にも説明したと思うけど。お店をオープンさせたのが四月で、菜の花がきれいな季節だったからよ」

「それだけですか？」

「えっ？」

「先生のご実家が、『菜のはな』って料亭をやっているって聞きました。それで、菜の花食堂ってつけたんじゃないかっていう人もいるんです」

「誰がそれを？」

「聡子さん。瓶詰を買いにいらして、先ほどまでそこで待ってらしたんです。この後仕事があるというので、つい今しがた帰られましたが」

「あら、そうだったの。会えなくて残念だわ」

先生がのんびりした口調で言う。

「聡子さんの話、ほんとうなんですか？」

私はちょっと苛立っていた。なぜだかわからないけど、先生が菜のはなというお店にこだわっているのは嫌だった。

「そうねえ。別れた父親の店を忘れられなくてつけたっていうとドラマチックだけど」

先生はいたずらっ子のように、にこっと笑った。

「残念だけど、名前をつけた時には、父親のことはまったく考えなかった」

「考えなかった？」

「すっかり忘れていた。もう、関係ない人だから。信じてもらえないかもしれないけど、ほんとに、親の店の名前なんてさっぱり忘れていたのよ。一年くらい経ってやっと、名前が似てるな、と気づいたくらい」

「そうだったんですか」

「気がついた時は、ちょっと笑っちゃった。料理人の血を引く娘だってことに、案外自分は誇りを持っていたのかな、って。それで潜在意識が働いてこういう名前をつけたのかな」

私も香奈さんもなんと言っていいかわからず、黙っていた。

そういうことって、あるのだろうか。

「あら、信じてないって顔ね。でも、こんなことで嘘を吐いても、意味がないし」

「そう言えば……そうですね」

私は先生の言葉を信じることにした。

案外、そんなこともあるのかもしれない。きっと「菜のはな」の娘ってことが、先生の記憶の隅に引っかかっていたのだろう。

「菜のはなとは関係なく……ほんとうはね、菜の花畑っていうのは私にとって幸せの象徴のようなものだったのよ。一面の菜の花畑を見ながら、家族で笑っている、というのが」

その光景、それはどこかで見たことがある。

そうだ、飾られている絵だ。

先生の息子さんの絵だ。

「それは……もしかしたら、フランスの話ですか？」

私はふと思いついて口に出してみた。先生の眉がぴくりと動いた。

「よくわかったわね」

「先生の息子さんが描かれた絵を見て思ったんです。これ、日本の風景じゃないのかもしれないって」

「どういうこと？」

香奈さんが尋ねる。

「先生の話と、息子さんの絵にどういう関係があるっていうの？」

「きっとこの絵が店の名前の由来と関係あるだろう、と思っていたんです。先生は、仕事中いちばんよく目に入る場所に、この絵を飾っているから」

香奈さんがはっとした顔をした。

「そういえばそうね。調理台のこの位置が、絵の真正面になる」

それは最近気がついたことだ。いままではカウンターの中に入って作業することはあまりなかった。あっても壁に向かったシンクの方に立ち、皿洗いするくらいだったから、気がつかなかったのだ。

だけど、カウンターの作業台に立つと景色が変わる。真正面に見えるのは、先生の息子さんが描いた絵なのだ。

先生はあの絵を見ながら、あの絵に励まされながら、何年もひとりで店を切り盛りしてきたのだ。

「最初は、あの絵にちなんで店の名前をつけたんだろう、と思いました。でも、順番は逆。店ができた後で絵が描かれた。だとしたらこの絵の景色はずっと前から息子さんの頭の中にイメージがあった。そして、先生にも」

私はそこで黙って先生の方を見た。先生が気を悪くしたのではないか、と心配になったのだ。しかし、先生はおもしろそうな顔で私を見ている。

「その通りよ。それで、どうしてフランスだと？」

油彩で描かれた絵は、油彩だけに細かい部分は省略してある。一面の黄色と空の青さが印象的だ。

「空の色が……。日本の空とはちょっと違う気がしたんです。それにこの家、ざっくり描かれていますけど、色とか形からして石造りの家に見えます。それだと、日本ではないだろう。だけど、先生にとって日本ではなく思い出の場所と言ったら、娘さんや別れた旦那さまが住むフランスじゃないかと思ったんです」

先生は私の答えを聞いてしばらく黙りこんだ。私も香奈さんも何も言えず、先生をじっと見ていた。先生は自分の内側の何かを見るような目をして語り出した。

「そう、あれは離婚を決める少し前のこと。思うような仕事を得られない日本ではなく、フランスで働きたい、とあの人が言って、それでひと月ほどフランスに住んだことがあるの」

先生の声は穏やかで、いつも通りゆったりした口調だ。

「古い農家を借りて、家族四人で住んだわ。近くにはお店もなく、あるのはただ広い広い菜の花畑だけ。水道も壊れていて、井戸から水を汲んだりしなきゃいけなかった。

夫はそこで農業をやりたいって言ったのだけど、私はそれは無理だと思った。言葉もろくに通じないし、水道の修理を頼んでも、一週間経っても直しにこない。買い物に行くのもひと苦労だし、生活を整えるというそのための作業だけで時間が過ぎてしまう」

　先生は唇を少しゆがめた。

「決定的だったのは医者の問題。あの人が留守の間に、息子が高いところから落ちて怪我をしたの。額がぱっくり割れて、血がだらだら流れていた。すぐにも医者に連れて行かなきゃ、という状態だった。だけど、車は夫が乗って行ってしまったし、どうしたらいいかわからなくて、パニックになってしまったの。見兼ねた娘が、自転車で走って隣りの家の人を連れて来てくれた。隣りの人が車を出してくれて、医者のところに送ってくれた。だけど、医者に状況をうまく説明できないし、何を言われているかもよくわからない。それで、もうダメだ、と思った。自分はここで生活することはできない。自分だけならともかく、子どもたちに何かあってからでは遅すぎる、そう思って帰国することにしたの。……あの人を残して」

　静かなお店の中に、先生のやわらかな声だけが響いている。私と香奈さんはただ黙って耳を傾けている。

「だから、菜の花畑って辛い思い出のはずなんだけどね、帰国して、不思議と楽しいこと、おかしなこととして思い出されるの。子どもたちとも、その時の思い出をよく話していたわ。水汲みで手の皮が剝けた、とか、菜の花畑の農薬が臭かったとか。ほんとに、大変だったけど、大変なことほど記憶に残るのかもしれない。家族が一緒で、力をあわせて毎日を精一杯生きていたから。……菜の花食堂ってつけたのは、そういう思い出があるから。私にとっての幸せな時間の象徴なの」

私も香奈さんもほおっと息を吐いた。それまで息をするのも忘れて、先生の話に聞き入っていたのだ。

「これはセンチメンタルな理由だから、誰にも話したことはないけどね」

「そんな……。素敵なお話だと思います。ねえ？」

香奈さんの言葉に私もうなずいた。

「ここでは、そういう幸せな時間を過ごしてほしい、そう思ってつけられたんですね」

「その通りよ。だけど、優希さんも、推理がうまくなったわね」

「先生のやり方をずっと見てきましたから」

私の答えを聞いて、先生はにっこり笑った。

「もう免許皆伝ね」

「そんなことないです。まだまだ先生に習いたいことはたくさんあります」

「そうかしら。でも、優希さんがいてくれるのは、頼りになるわ。私が教えることがなくなったとしても……もうしばらくは傍にいてくださるわね」

「しばらくなんて言わず、ずっと傍にいます」

　私は力強く言ったが、先生はにこにこ笑っているばかりだ。その目は嬉しさと、どこか哀しみのようなものを湛えていて、私もそれ以上は何も言えなかった。


「皆さん、いらっしゃい」

　今日は二十五周年記念パーティだ。私と香奈さんとで中心になって、お店で持ち寄りパーティをすることにしたのだ。

　靖子先生には、まだ内緒にしている。サプライズ・パーティなのだ。ぎりぎりまで伏せておかないと、先生のことだから遠慮して、辞退しかねないからだ。

　先生にばれないように、みんなが集まる直前まで瓶詰工房の方に先生を引きつけておき、すべて用意ができたところで先生をお呼びすることにしていた。先生を引きつけておくのは香奈さんの役目、私はこっそりお店の鍵を開け、料理教室の八木さんとパーティのための飾り付けをすることにしていた。参加者は気のおけない常連さん数人と料理教室のメンバー、農家の保田さん夫妻、それに姪の聡子さんも来てくれることになっている。お客さんたちにも、今日はサプライズ・パーティだから、と断って、工房の窓から見えるお店の入口からではなく、母屋の玄関から入るようにと説明している。

「こんにちは」

「こっちから入るのは初めてだから、どきどきしちゃったわ」

村田さんと杉本さんが連れだって現れる。

「私は豚肉のロール巻き。それに、チキンを焼いてきたわ」

杉本さんが手提げの中から大きなタッパーをふたつ取り出した。

「僕の方は、いわしのチーズ焼き。久しぶりに作ったから、うまくいったかどうか」

「先生のレシピどおりなら、大丈夫ですよ」

料理の種類が重ならないように、あらかじめ参加者にはざっくりと食べ物のリクエストをしておいた。村田さんは肉担当、杉本さんには魚介類で何か、とお願いした。料理教室のメンバーは、もちろん過去の料理教室で習ったレシピのものを、とリクエストしてある。だから、料理教室のメンバーの発表会のような意味合いもあるかもしれない。先生にこれまで習ってきたことに感謝を込めて、みんな料理を作ってきたのだ。

「こんにちは。僕は料理作れないから、ワインを買ってきましたよ。ついでにチーズもね」

税理士の小島さんだ。遺産相続の問題で、先生のいまの暮らしを調べにきた人だ。高級そうなワインを二本提げている。

「あら、私小島さんに連絡しましたっけ？」

「聡子さんから聞いたんですよ。急に来たのはご迷惑でした？」

「とんでもない。大歓迎ですよ」

「おや、でもいいシャンパンがありますね。これはどうしたんですか？」

小島さんがめざとくテーブルの上のシャンパンに目を留めた。

「これ、フランスから送られてきたんです。先生のお嬢さんから。二十五周年のお祝いにって」

私がこっそりお嬢さんに連絡して、二十五周年のお祝いをするから協力してください、と頼んだのだった。お嬢さんは快く引き受けてくれて、シャンパンと手作りのエプロンを送ってくれた。エプロンは、パーティの最後に先生にお渡しするつもりだ。

「へえー、いいシャンパンだ。これがあるなら、僕のワインはいらなかったかな」

「そんなことないですよ。いいお酒はいくらあっても邪魔になりません。今日は、私や先生もいただくつもりですから」

拗ねている小島さんを、そう言って宥《なだ》めた。

それから、私と料理教室の八木さんで手分けして、みんなが持ち込んだ料理を皿に盛っていく。紙ナプキンやカトラリーもテーブルにセットする。

「遅くなってすみません。駅からタクシー飛ばしたんだけど、道に迷ってしまって」

ぎりぎりの時間に到着したのは、先生の姪の聡子さんだ。パーティにあわせてわざわざ上京されたのだ。

「大丈夫ですよ。そろそろ先生を呼びに行こうとしていたところですから」

「私が持って来たのは、これ」

聡子さんは桐箱を出した。そして、蓋を開けると「うわぁ」と溜息のような声が漏れた。

京野菜の煮物だった。ひとつひとつの野菜の丁寧な処理、ざっくり混ぜたようで、人参の赤や青菜の緑、かぶの白さなどが引き立つように盛り付けられている。白醤油で煮た野菜の仕上げの美しさといい、ひと目でプロの技だとわかる。

「これは……？」

「父が作ってくれました。昔からずっと奥で食べてきたものだから、靖子姉さんも食べたことがあるはずだって」

胸にぐっとこみ上げるものがある。聡子さんがきっとお父さまに頼んでくださったのだろう。それを受けてくださったことが、何より先生には嬉しいことのはずだ。

「ありがとうございます。ほんとうに、何よりのお料理です」

「そうですか。もっと料亭らしい華やかなものでもいいんじゃないかと思ったんですけど」

「いえ、きっと先生は喜びます」

そうして、桐箱を受け取っていると、ドアがばたん、と開かれた。

「ああ、間に合ったわね」

保田さんとその奥さんだ。ふたりとも息を切らせている。

「出がけに荷物が届いちゃってね。ぜひこれは持ってこなきゃ、と思ったんだよ」

「なんですか？　これ」

それは、なにやら薄い木箱のようなものだった。

「ちょっと待ってね」

厳重にガムテープでぐるぐる巻きにされた木箱は、ちょっとやそっとでは開きそうにない。

「はさみ貸してくれるかな」

「いいですけど、後にしていただいた方がよくありませんか？　そろそろ先生もこっちに入ってくる頃ですし」

香奈さんには、十一時ぴったりにこちらの部屋に先生を連れてくるように、と言ってある。あと二、三分で予定の時間だ。せっかく部屋がセッティングされたのに、ここで荷物を開かれては、ゴミで散らかってしまう。

「いや、これは頼まれたものだから、ちゃんと渡さなきゃ」

「もう先生が来ちゃいますよ」

私は気が気ではない。

「皆さん、クラッカー持ちました？」

八木さんが一同に確認する。保田さんは荷物と格闘しているが、かまってもいられないので、私もクラッカーを手に持った。

「そろそろ香奈さんが先生とこちらに来ますから、入ってきたら、せーのと声を掛けます。それを合図に紐を引いてくださいね」

「ほら、開いた」

保田さんがようやく木箱から中身を取り出した。

「これは？」

平たい、大きな染付の絵皿だった。はっと息を呑むような大胆な構図だ。丸い絵皿の端を太い青い線が縁取り、真ん中に、黄色い花の模様が大きく描かれている。白磁に、青い線と黄色い花の色彩の対照が美しい。

「すごい、ダイナミックなお皿ですね」

真ん中の花は菜の花だ。細かい部分まで精密に、美しく描かれている。

「当然だよ。これ、勝坊からの二十五周年祝い」

「勝坊って、もしかしたら」

「そう、佐賀にいる靖子さんの息子。うちの子が連絡して、お祝いしてあげたらと言ったら、これを送ってきたの」

私は何も言えずに皿をじっと眺めた。

ほかの人たちも傍に寄ってきて、お皿を眺める。

「これは、菜の花？」

小島さんが言うと、聡子さんも、

「素敵ですね。この食堂のためのお皿なんですね」

と溜息混じりに言う。

「なんでしょう。ずっと見ていたくなるような、やさしい、温かい絵柄ですね」

八木さんも言う。

その感想はきっと正しい。この絵皿には、息子さんのありったけのやさしい気持ちが描かれているのだ。

背中を丸めて絵皿に向き合い、筆を走らせるその人の姿が、なんとなく見えるようだった。そして、その背中は、料理に向き合う先生の背中に、きっと似ているに違いない。

そう、先生も息子さんも同じ、ものを作る人なのだ。

箱の中にはそれ以外、手紙ひとつも入っていなかった。

だけど、息子さんにはきっと自信があったのだ。この絵皿を見れば、自分がどれほど母のことを愛し、感謝しているか、わかってもらえると。

先生の料理が、なんの説明や能書きがなくても、食べた人を幸せな気持ちにするのと同じように。

「ほんとはここに連れてきたかったんだけど、いま、個展の準備で動けないんだそうだよ。それが終わったら、必ず来るって言っていた。息子が言うには、勝も意地っ張りだから、一人前になるまで戻らないつもりだったらしい。ここに顔を出すってことは、自分の仕事に自信が持てるようになったってことなんだろうね」

保田さんが、やれやれ、と言うように苦笑を浮かべている。頑固な親子だ、と思っているのだろう。

だけど、きっと頑固だから、頑張ったのだ。母の期待とは違う道だけど、そこで一人前になれるように。

母にも認めてもらえるような一人前の陶芸家になれるように。

「よかったですね。ほんと、先生もどれほどお喜びになるか」

熱いものがこみあげてくる。私は堪えきれなくて、瞼《まぶた》を閉じた。

「あらら、優希さん、いまから泣いちゃダメじゃない。それに、今日泣いてもらいたいのは、あなたじゃなく、先生の方よ」

村田さんがからかうような口調で言う。

「そうでしたね。まだ始まってもいないのに、すみません」

私は村田さんの差し出したハンカチで涙を拭いた。

その時、私のスマートフォンから通知音が鳴り響く。ＬＩＮＥにメッセージが届いたのだ。

『そろそろそっちに行ってもいい？』

香奈さんからだ。

「皆さん、そろそろ先生の入場ですけど、準備は大丈夫ですか？」

「あなたがＯＫなら、大丈夫じゃない？」

村田さんが言う。

「はい、もう大丈夫です」

私は照れくさくなって、ちょっと笑った。村田さんも笑顔を返してくれる。

ほんとに、この場所は素敵だ。先生を中心に、やさしい気持ちが溢れている。

菜の花食堂。

先生が願ったように、幸せな時間がここにはある。

「この皿、どうしよう？」

保田さんが大きな皿を持ってうろうろしている。中央に寄せられたテーブルの上は、みんなが持ち寄ったお料理や、コップやカトラリーで埋まっている。大皿を置けるようなスペースは見当たらない。

「保田さん、持って立っててくださいますか？　先生が入場した時、すぐに目につくように」

「ああ、それがいいね」

保田さんはテーブルの前に立って、皿を両手で持った。

『ＯＫ、みんな待ってます』

私は返信をした。お店の窓からは瓶詰工房が見える。まもなくドアが開いて、香奈さんと先生が出てきた。先生は香奈さんに何か話し掛けていて、こちらの様子に気づいていないようだ。

「さあ、先生が入ってきますからね。みなさん、用意はいいですか？」

みんなは黙ってうなずいている。それぞれの手にはクラッカーが握られている。ドアを開ける音がした。

「せーの」

ぱん、ぱぱん！

驚く先生の頭に、クラッカーに入っていた紙吹雪が降り注いだ。

本作品の「小松菜の困惑」「カリフラワーの決意」「のらぼう菜は試みる」は小社HP連載に加筆修正したものです。

「金柑はひそやかに香る」「菜の花は語る」は当文庫のための書き下ろしです。

なお、本作品はフィクションであり、登場する人物・団体は、実在の個人および団体等とは一切関係ありません。

碧野 圭（あおの・けい）

愛知県生まれ。東京学芸大学教育学部卒業。フリーライター、出版社勤務を経て、2006年『辞めない理由』で作家としてデビュー。

他の著書に、ベストセラーとなりドラマ化された『書店ガール』シリーズのほか、『銀盤のトレース』シリーズ、『駒子さんは出世なんてしたくなかった』『スケートボーイズ』『菜の花食堂のささやかな事件簿』『菜の花食堂のささやかな事件簿　きゅうりには絶好の日』等多数がある。

地域の食文化への興味から、江戸東京野菜コンシェルジュの資格を取得。

だいわ文庫

菜《な》の花食堂《はなしょくどう》のささやかな事件簿《じけんぼ》 金柑《きんかん》はひそやかに香《かお》る

著者　碧野《あおの》 圭《けい》

二〇一八年六月一五日第一刷発行

発行者　佐藤 靖

発行所　大和《だいわ》書房

東京都文京区関口一－三三－四 〒一一二－〇〇一四

電話 〇三－三二〇三－四五一一

フォーマットデザイン　鈴木成一デザイン室

本文デザイン　松 昭教（bookwall）

本文印刷　信毎書籍印刷

カバー印刷　山一印刷

製本　小泉製本

ISBN978-4-479-30710-5

乱丁本・落丁本はお取り替えいたします。

http://www.daiwashobo.co.jp

だいわ文庫の好評既刊

阿川佐和子
グダグダの種
しみじみダラダラ過ごす休日の愉しさは「おひとりさま」の特権です！　ゆるくてスローで少々シアワセな日常を味わう本音エッセイ！
600円
174-1 D

阿川佐和子
福岡伸一
センス・オブ・ワンダーを探して
生命のささやきに耳を澄ます
動的平衡の福岡ハカセと対談の名手アガワが、子供時代のかけがえのない出会いと命と世界の不思議を語る。発見に満ちた極上の対話！
700円
174-2 C

鴻上尚史
孤独と不安のレッスン
「ニセモノの孤独」と「後ろ向きの不安」は人生を破壊するが「本物の孤独」と「前向きな不安」は人生を広げてくれる。
648円
189-1 D

鴻上尚史
コミュニケイションのレッスン
コミュニケイションが苦手でも大丈夫！　野球やサッカーでやるように、コミュ力技術アップの練習方法をアドバイス。
680円
189-2 D

＊鈴木伸子
東京「昭和地図」散歩
「三丁目の夕日」の時代、東京タワーとオリンピックで変貌を遂げた昭和30年代の東京を、当時の地図と写真を紐解きながら辿る本！
648円
234-1 E

羽生善治
茂木健一郎
考える力
羽生善治の集中力、努力の仕方、勝負強さはいかにしてつくられたのか？　天才棋士の脳の活かし方を脳科学者・茂木健一郎が解き明かす。
650円
318-1 D

＊印は書き下ろし

表示価格はすべて本体価格（税別）です。本体価格は変更することがあります。

だいわ文庫の好評既刊

＊印は書き下ろし

＊知野みさき
深川二幸堂　菓子こよみ
社交的な兄と不器用な弟が営む深川の小さな菓子屋「二幸堂」。美味しい菓子が心を癒し、人と人を繋げ、希望をもたらす極上の時代小説。
680円
361-1 I

＊佐藤青南
君を一人にしないための歌
女子高生の七海は年齢・性別・経験不問でギターを募集中！でも集まるのは問題児ばかりで…！新時代の音楽×青春×ミステリー爆誕！
680円
356-1 I

＊白石まみ
編集女子クライシス！
特殊と噂の男性誌「ＡＮＤＯ」編集部に配属された文香。ＡＶ女優の取材に謎のメール、おまけに先輩の嫌がらせ!?一気読みお仕事小説。
680円
358-1 I

＊平谷美樹
草紙屋薬楽堂ふしぎ始末
「こいつは、人の仕業でございますよ……」江戸の本屋＋作家＋怪異＝ご明察！　戯作者と版元が怪事件を解決する痛快時代小説！
680円
335-1 I

＊平谷美樹
草紙屋薬楽堂ふしぎ始末　絆の煙草入れ
娘幽霊、ポルターガイスト、拐かし――江戸の本屋を舞台に戯作者＝作家が怪異を解決！粋で痛快で少々切ない大人気シリーズ第二弾！
680円
335-2 I

＊平谷美樹
草紙屋薬楽堂ふしぎ始末　唐紅色の約束
悪霊退治と失せ物探しは江戸の本屋の得意技!?　戯作者＝作家の謎解きが冴える、読み心地満点の大人気時代小説、待望の第三弾！
680円
335-3 I

表示価格はすべて本体価格（税別）です。本体価格は変更することがあります。